我想告訴你十年份的『　』。

僕は君に、10年分の『　』を伝えたい。

天野中
Ataru Amano

序章

拜託，求求祢。

請求祢，不要讓今天成為我人生中最糟的一天——

我對至今從沒信仰過的神明拚命懇求。

方才下起的雷陣雨奪走了我隔著鏡片的視野。散發紅光的警笛聲響毫不等待我的腳步，無情遠去。

一把一把的雨傘在眼前的公車站牌排成一列。

只要冷靜想想就知道搭公車絕對會比較快。但是從頭頂到腳跟都被混亂情緒支配的我無法選擇讓自己停下腳步、悠悠哉哉等待公車到來。

快點。快個一秒鐘也好。

腦袋中不斷發出警告，然而穿著皮鞋比我想像中還要難跑步，休閒長褲老是在妨礙想要彎曲的關節。

因為平常總是坐在桌前工作，我的體力已經不如從前。明明在這樣重要的時刻，身體卻無法按照自己的意思行動。除了無情的命運之外，這點也讓我感到痛恨。

就在我如此白費力氣，變得氣喘如牛的時候，拚命追逐的紅色光芒漸漸消失在傾盆大雨之中，看不見了。

啊啊。

啊啊、啊啊。

不行。拜託別走。

揮甩著淋溼的包包，濺開好幾處積水的我，在毫不留情的大雨中不斷呼喚著那個女生的名字。

和我交往了三年的女朋友——劍城美鶴居住在埼玉縣靠近東京的地區。平常在一棟從車站搭公車十分鐘內就能到達的五金百貨裡一家寵物店工作。是個喜愛動物與多肉植物、個性有點怕羞、比我小兩歲的女孩。

至於我，則是在東京都內工作的工程師，興趣是帶狗散步與到處尋找美食的二十六歲男子。

社會上通常男女交往到了安定期就會開始考慮結婚的事情，而我也不例外。最近，對於從一開始就一直順利交往的這位女朋友，我開始在思考要何時提出求婚。

當我詢問公司的前輩是否在求婚之前先同居一段時間會比較好的時候，前輩雖然說著「你總算啊」地對我捉弄了幾句，不過還是強烈建議我最好先同居一段時間。據說在同一個屋頂下苦難共享可以加深兩人的感情，而且也能當成結婚生活的預先練習。前輩這段好壞皆包含在內的經驗談讓我更加湧起了同居的想法。

就在今年春天，我鼓起勇氣向美鶴提出了同居的商量。結果她似乎也在考慮差不多該進一步發展的樣子，很開心地立刻就答應我了。

我們兩人接著便造訪了幾家不動產公司，最後在距離美鶴的工作地點徒步二十分鐘左右的地方找到了一間屋齡還很新，相當理想的公寓。

那是一間室內寬敞且採光佳，又能養寵物的兩房一廳角間房。從陽臺可以清楚看到幾公里遠處的河岸風景，是我們平常的散步路徑。

緩緩流動的河水在陽光下閃閃發亮的景象非常美麗，讓人看著看著心情也會平靜下來。我和美鶴都非常中意那個陽臺風景，而毫不猶豫就決定了這間公寓。

雖然周圍的人總會給我忠告說搬新家很辛苦，容易在各種事情上出現意見不合。然而我們卻沒有遇到那樣的狀況，同居的準備工作甚至順利愉快到讓我們都覺得驚訝的程度。

而就在上個月上旬，我與愛犬離開了自己住慣的老家。比因為一些理由必須晚點才搬家的美鶴早一步住進新家，內心無比期待著與美鶴的共同生活。

到了七月上旬的星期五晚上。

難得能夠準時下班的我，邀請明天同樣放假的美鶴到自己家來，約好要共進晚餐。

在車站前的超市買好美鶴喜歡吃的咖哩材料後，我為了迎接五金百貨打烊的同時就能下班的美鶴而坐在百貨美食廣場外的一張長椅上，等待不久後應該就能聽到的小跑步聲音。

就在此時，我感覺頭頂上似乎有什麼東西亮了一下。

於是我不經意仰望天空，發現原本是深藍色的天空漸漸被沉重的烏雲遮掩。雲中不時微微發光，緊接著傳來讓人不舒服的聲響。隔了幾秒之後又再次發光。

天色感覺隨時都會下雨。這麼說來，天氣預報好像有說過今晚有雷雨的可能。

這下可不好了。我趕緊進入開始播放打烊前音樂的店內，快快抓起兩把擺在店門口的塑膠雨傘，並翻找著自己的包包走向結帳櫃檯。

即將打烊的店內相當冷清，包含我在內只剩下幾名客人。

可是不知道為什麼……店裡到處可以感受到騷動，或者說是帶有些許焦急的感覺。是我的錯覺嗎？

正當我腦中不明所以地浮現問號的時候，教人不安的警笛聲接近而來，誘導我的視線。白底紅線的一臺大車子穿過店門前，轉入停車場。

「請問是發生了什麼事嗎？」

我收下找零的同時詢問眼前這位應該是打工的年輕店員，然而他似乎也還沒掌握狀況的樣子，只有冷淡回了我一聲「誰曉得」。

不久後，滴滴答答的小雨一口氣變成大顆雨滴，敲打乾渴的地面。屋外的景象變得像是有人在天上打翻了一缸水。

啊啊，下下來了。而且下得好大啊……搞不好美鶴被困在出入口難以行動了。正當我這麼想的時候，這次又看到好幾名神色倉皇的男性員工，也不撐傘就一個個衝向屋外的磅礡大雨之中。

「現在搬上救護車了——」

「頭部出血，沒有意識——」

「犯人似乎被警衛抓到了，可是這女孩——」

愣在原處的我耳中聽到的，是一句又一句恐怖的話語。

究竟是發生什麼事了？我雖然是局外人但也不禁感到好奇，於是用視線追著一位又一位匆匆忙忙的員工們。結果就在這時……

「呃……是誰呀？」

「聽說是寵物店的年輕女生——」

「什麼！騙人的吧？」

從背後傳來的對話讓我當場全身僵住。

寵物店。年輕女生。救護車。頭部…………出血。

沒有意識——

幾秒前穿過耳邊的詞彙與現在聽到的詞彙在我腦中擅自連接在一起。

緊接著一股教人作嘔的壞預感湧上心頭，讓我丟下了才剛買來的雨傘，被誘導似地衝向店外。

同時拿出手機，壓到耳邊。

無機質的待接鈴聲一聲又一聲地延續，連帶使我心中的不安一層又一層地提高。與此同時，停在停車場深處的救護車快速發車，穿過我的身邊。

前方有一群撐著雨傘的人，以及身穿螢光色雨衣的人，圍成厚厚的人牆。

待接鈴聲依然繼續在耳邊響著。

……難道說……

有如蠟燭忽然熄滅般的不祥預感竄過我的背脊，讓我握著手機的手掌都是汗水。

不，不可能的。

絕對不是——

肯定是不同人——

焦急與不安在我心中揉成一團，促使我鑽進騷動之中，奮力撥開眼前的人群，最後——我看到了。

用大紅色的三角錐與黑黃相間的警示柱圍起來的「案發現場」——

宛如打翻的油漆般灑在柏油路面上的紅色液體。

一支我熟悉的天藍色手機沉沒在水灘中，徹底損毀。

貼有可愛貓狗貼紙的名牌掉落在地面上。

唾液卡在喉嚨深處嚥不下去。

沉重的超市塑膠袋從我手指中滑落，剛買來的食材散落進範圍依然不停擴張的積水之中。

「嗚哇，好誇張……這會不會太嚇人了呀？」

「聽說是女生想要抓住竊盜犯。」
「結果被想要逃走的犯人摔了出去。」
「好像很用力撞到頭的樣子——」

掉落在地上的名牌，有用我看慣的圓滾滾文字寫著『劍城』兩字——

人群圍觀喧譁的聲音，以及有如沙塵暴般的豪雨聲，一切都在這個瞬間化為寂靜。

在我至今的記憶中，再沒有比這次更加恐怖的經歷了。

1.

淋成落湯雞的我總算趕到距離五金百貨最近的綜合醫院，而救護車已經抵達好一段時間了。

我的頭髮被強風吹得一塌糊塗，領帶也凌亂不堪，包包、襯衫、休閒褲與鞋子到處都在滴水。但是我沒有餘力去顧慮那些糟糕的模樣，把起霧的全框眼鏡粗魯地扯下來後，便氣喘吁吁地撲向醫院櫃檯，連續喊了好幾次美鶴的名字。

請告訴我她的病房在哪裡——拜託……！

我明明嘴巴上應該是這樣說的，可是聲音卻嘶啞得不成話語。

在櫃檯後方整理資料、身穿深藍色針織毛衣的護理師們雖然對態度嚇人的我紛紛露出彷彿見到可疑人士般的眼神，不過最後還是有一名護理師察覺我拚命想傳達的意思，趕緊幫我查詢外科醫療大樓的病房號碼並告訴了我。

連聲謝謝都沒能好好表達的我緊接著又像顆子彈般衝了出去，在院內光滑的地板上滑了好幾次，撞了好幾下牆壁，奮力奔向病房。

疲憊與恐懼讓心臟幾乎要超出負荷，眼前的景象變得閃爍。

怎麼辦？

通過好幾間病房門前的同時，我的腦中不斷反覆同樣一句話。

要是她已經——

要是她有了什麼萬一——

剛才見到的慘狀又閃過我腦海。

美鶴滿面的笑容浮現心頭，頓時讓我眼眶發熱，鼻子深處一陣刺痛。

「美鶴——！」

我破門而入似地打開了病房的房門。

在寂靜的病房內，我把視線望向布簾圍繞的白色病床。

「……！」

一時之間，我說不出話來。

美鶴她——穿著水藍色的病人服，頭上包有一圈一圈的繃帶，全身靠在病床上。

　而且意識清楚。大概是因為我忽然衝進房內而被嚇到的關係，她睜大眼睛看向我。

「美鶴……」

還活著……啊啊……她還活著。

緊張的情緒頓時放鬆，壓抑在眼角的熱一口氣湧了出來。

當看到地上那攤大量的紅色液體時，其實我本來以為已經沒救了。

然而她現在睜著眼睛，還好好地在我面前。這點讓我的心得到無比的救贖，甚至想要對世上的一切都表示感謝。

「美鶴…………太好了……」

體力已經消耗到極限的我在全身癱倒之前跪到美鶴面前，連整理呼吸的餘力都沒有就趴到床邊。

「我聽到店裡的人說了……說妳是想要抓住竊盜犯。」

光是這樣，我就大致可以猜想到發生什麼事情了。

美鶴的個性正經，有強人一倍的正義感。

也因此，她對於所謂不正當的事情帶有潔癖，怎麼也無法原諒恣意破壞規則的人。

可能她當時有想過要尋求支援，但也許狀況迫使她必須一個人出面處理吧。從她受傷的樣子不難想像，她肯定是勉強自己亂來卻遭到對方反擊了。以行為來講或許是很正確，然而就結果來說實在危險無比。

如果她當時很冷靜，應該就不會變成這樣了。如果她真的很冷靜。

但她恐怕是感到焦急了吧，焦急到連自己都無法控制。越是遇到這種時候，她就越會選擇亂來的方法，然後嚴重失敗。想要努力解決卻適得其反。她就是偶爾會這樣。我已經看過好幾次所以很清楚。

「妳就是正義感太強，有時候莽莽撞撞的。我從以前就好擔心妳會不會有一天被捲入危險的事情……沒想到竟然會變成這樣。」

她的手臂與頸部也有教人感到心痛的治療痕跡，看得我胸口一疼，彷彿心臟都要被當場捏碎。

我握起美鶴白皙纖細的手臂，結果她又感到驚訝似地看向我。或許是對自己的行動感到愧疚，害怕被我責備吧。

為了讓始終不講話的她能夠安心，於是我張開雙臂包住眼前纖細的身體，緩緩抱到胸前。

「……我擔心死啦。」

我明明有先深呼吸一口，但講出口的話語還是難掩顫抖。

「還好妳沒死，妳還活著真是太好了。真的……真的是太好了……」

我溫柔地拍著她美麗的秀髮覆蓋的背部。

「呃——」

這時她總算微微張開嘴巴。貼近彼此的體溫，將她的手也繞到我的背部——我本來以為會如此的。

可是不管等了多久，她都沒有把身體靠向我，反而變得越來越僵硬。

「——呃……那個、請、請你不要這樣……請放開我。」

她用聽起來像是好不容易才說出口的聲音如此拒絕了我。

也許是我忽然緊緊擁抱讓她覺得痛吧。於是我趕緊鬆開手臂後……

「請問你……到底是誰……？」

她緊接著說出的這句話，讓一股奇怪的感覺竄過我全身。

她剛才、說了什麼——

我緩緩把身體移開，就在仔細觀察美鶴的表情之前，我的內心「啊啊……原來如此」地輕輕笑了一下。

「不，美鶴……妳別在這種時候開我玩笑啊。」

也許是我驚慌的模樣實在太有趣的關係吧。我完全沒想到她會選擇在這種時候把氣氛帶往那種方向，不過既然她還有精神開玩笑也讓我安心多了。雖然這玩笑讓我有點受到打擊就是了。

但不管怎麼說，至少她看起來意識很清楚，真是太好了。於是我總算放鬆了緊繃的雙肩，可是……

「不……我並沒有在開玩笑。請你現在立刻放開我。好痛……你這個人到底在做什麼……！」

在我眼前的她，表情看起來一點也不像在胡鬧。

「你是不是走錯病房……還是認錯人了？」

美鶴臉上不但沒有笑容，甚至表情僵硬，眼神中帶有警戒與困惑，接著又說出這樣讓人搞不懂意思的話。

簡直像是對初次見面的人說話一樣。

……太奇怪了。

「美鶴，妳是怎麼了？」

「為什麼……你會知道我的名字……」

「妳——妳在說什麼啊？」

「不、不要碰我，你到底想做什麼！」

我放開她的身體改為握手，卻依然遭到她強烈拒絕，把手甩開。

積在我額頭的汗珠混雜雨水一起滴落，思考迴路頓時停止。

不是因為被她否定的關係。而是我發現她全身散發出對我的不信任感，彷彿面對什麼來路不明的人物般恐懼的眼神——已經超出開玩笑或演技之類的範圍了。

這是什麼情形？到底發生什麼事？不……她究竟是出了什麼狀況？

就在我不知該說些什麼才好，猶豫要如何開口的時候，明明從剛才就一直在場，我卻因為過度激動而遲遲沒有注意到的美鶴的家人們把我拉開，趕到了牆邊。

「你這人突然跑進來是想做什麼？」

身穿西裝、被淋得溼答答的劍城爸爸用嚴肅的表情如此質問我。

「你是誰？跟我家女兒是什麼關係？」

體態有些福相的劍城媽媽則是垂著眉梢這麼說道，而頭髮明亮捲曲、身穿流行服飾的姊姊也用懷疑的眼神看向我。

「啊……不好意思，我——呃，這是我的名片。」

我趕緊把亂糟糟的瀏海撥整齊，從淋溼的包包中拿出名片，盡可能有禮貌地鞠躬敬禮。

「很抱歉遲遲沒有向各位招呼。初次見面，敝人名叫龜井戶大介，目前正在與美鶴小姐交往中。」

「……才——才沒有！我才沒交往……一定是哪裡搞錯了！」

對於我的發言，美鶴當場用刺人心臟的話語表示否定。

「…………我女兒是這麼說的喔？」

「不、不可能的！我確實正在和令千金交往中——！」

「我們從來沒有聽女兒說過她有和誰在交往呀。」

「那是、因為……」

我頓時說不出話來。

與美鶴交往的三年中，除了一部分對象之外，美鶴對她周圍的人都堅持不願公開我的存在，不願承認自己有男朋友。甚至對自己的家人也一樣。

與家族之間的感情，尤其是對於和父親之間的關係總是抱有不滿與煩惱的美鶴很擔心她與我交往的事情會遭到否定，而一直很猶豫到底該何時把我介紹給家人認識。

然而就在我提出同居的想法時，她終於下定了決心，說過近日內會邀請我到她家與家人見面。

我應該現在把這件事說出來嗎？不，我總覺得應該先釐清的不是這點。

「不是的。我不是什麼可疑人士，我是美鶴小姐的——」

「該不會是跟蹤狂吧……」

美鶴的姊姊瞇起眼睛，說出這樣一句教人毛骨悚然的發言。

被她這麼一說，我額頭上的汗水越流越多。

「跟蹤狂？」

「就是那個呀，該怎麼說，妄想自己真的在跟對方交往什麼的。最近好像有很多這樣的案例喔。美鶴，妳真的不認識這個男人嗎？」

被眾人注視的美鶴抱起棉被，點了好幾下頭。

「真的？那有見過嗎？」

「沒有……一次都沒有……我根本不知道這個人。」

騙人……等等，這怎麼可能——

「是這樣嗎？你老實招來。」

「呃、那個。」

「你在跟蹤我家女兒嗎？」

「不是的……！」

「可是我妹妹說她不認識你呀。如果不是跟蹤狂那又是什麼！」

美鶴的姊姊用高跟鞋跺了一下地板表示威嚇後，我本來以為她是要把名片塞回來給我，沒想到居然是一把抓住我的衣襟，讓我差點把僅剩不多的冷靜都拋掉了。

我承受不住來自四方的輕蔑眼神，迫不得已下把頭轉向美鶴，然而她卻堅持不願和我對上視線。

「請各位冷靜下來。不是那樣的，我是……！」

就在這時忽然傳來響亮的拍手聲，彷彿把現場淤塞的空氣瞬間拍散了。

「好了好了，請各位到此為止。」

所有人一起把視線望向聲音來源。在那裡是一名從剛才什麼話都沒說，身穿白衣站在白色牆邊使存在感很稀薄的——男性醫師。

「很抱歉打擾各位，不過這裡是醫院，是病房，是在患者面前。如果要繼續請到外面去好嗎？」

在場所有人就像面對指揮家的演奏樂團般頓時變得肅靜。面露微笑的醫生接著緩緩走近美鶴，坐到病床旁邊的一張圓椅子上，向她說道：

「劍城小姐，妳才剛清醒過來或許很難受，不過可以讓我們稍微繼續剛才的問題嗎？」

美鶴依然一臉困惑，「……喔」地簡短回應。

「那麼我就繼續問了。劍城小姐，妳是在寵物店工作對嗎？」

「是的。」

「那麼請問妳現在的工作做了幾年呢？」

「……還不到一年。」

美鶴雖然有點小聲但還是很清楚地如此回答。

「妳在說什麼呀？」

「……呃，美鶴？」

美鶴的母親與姊姊也做出和我同樣的反應，美鶴的父親也露出跟那兩人一樣的表情注視美鶴。

「劍城小姐，請問妳幾歲？」

「二十一。」

「今年是幾年？」

美鶴毫不猶豫地回答出來後，現場又再度騷動一下，醫生也閉上了嘴巴。整間病房接著變得一片寂靜。

「好，就到這邊吧。各位家屬，可以麻煩跟我到外面稍微談一下嗎？啊，還有你也是。如果不趕時間，我希望可以跟你個別談話。至於劍城小姐，我最後會再慢慢跟妳說。請妳稍等一下。」

在醫生溫和的催促下，美鶴的家人們直到最後都沒有放下對我的疑心，被帶進了問診室。

而我也依舊抱著曖昧不明的心情，遵從醫生的指示走出病房，在已經熄燈的走廊等候。

在我離開病房之前，即使轉回頭望向一個人孤零零地被留在明亮的病房中，表情顯得很不安的美鶴，她終究還是沒有和我對上一次視線。

後來過了一個小時，又一個小時，當雷聲與豪雨都完全停息下來的時候。

「抱歉讓你等了那麼久。呃……你叫龜田先生是吧？」

我看著美鶴的家人們各個帶著複雜的表情走回病房之後，醫生接著便招招手把我叫進問診室。

在充滿藥物氣味的問診室中，我與醫生面對面坐到椅子上，把眼鏡重新戴好，並再度從包包中拿出名片報上自己的名字。

「哦哦，對對對，是龜井戶大介先生。你全身淋成這樣沒問題嗎？要小心別感冒喔。」

綻放光澤的禿頭讓人印象深刻的這位年約五十多歲的醫生，雖然長得一副戴上墨鏡就像個黑道的樣子，然而一反他嚇人的長相，態度倒是非常親切，是個當我在等待的時候會給我一條毛巾擦拭的好醫生。

雖然對方露出笑容收下名片，但我認為這樣或許還不夠。於是我在對方詢問之前就主動拿出夾在車票夾裡與美鶴的合照、手機裡的照片等等，盡可能提出我和美鶴關係親近的證據，並表現出冷靜的態度。

「謝謝你。其實在你進到病房的時候我就猜想應該是這樣，而現在能正式確認真是太好了。我是在劍城小姐康復之前負責輔助她的醫生，敝姓羽毛（Hake）。啊，不是禿子（Hage）喔，是羽毛（Hake）。雖然頭皮是這個樣子，但名字裡沒有濁音。啊哈哈，不過患者們給我取的暱稱是『禿頭醫生』，所以其實要怎麼叫都可以啦。總之，請多指教囉。」

也許是他個人的拿手笑話吧，醫生開朗地笑著，並有點強硬地與我握手。

他可能是為了緩和緊繃的氣氛，然而我的表情卻怎麼也無法放鬆。醫生明白我的心情後也緩緩收起笑容，變成嚴肅認真的表情。

「也對。比起我的頭皮，現在重要的是劍城小姐的事情啊。」

我點點頭作為回應。

「我想你應該也聽說了，劍城小姐在事件當時是被企圖逃跑的竊盜犯摔擲出去，結果用力撞到了頭部。要是撞到的地方再稍微偏一點就很危險，而且出血也很多，還好當時能夠及早發現及早送醫。幸運的是骨頭看起來沒有異狀，雖然要住院觀察一段時間，不過生命上並沒有危險。在很多方面來講都值得慶幸……不過這是指身體上。」

醫生講到這邊語氣一轉，接著說道：

「遺憾的是，在這裡發生了一點問題。」

他用食指輕輕敲一敲自己的頭部，預先告訴了我一句「這件事講起來會有點衝擊性」，但我還是抱著恐懼點點頭回應。

「龜井戶先生——請問你有聽過『逆行性失憶症』嗎？」

我因為沒聽過這個詞而皺起眉頭後，醫生又改口說明：

「就是社會上一般稱為『記憶障礙』或『記憶喪失』的症狀。」

「記憶喪失……」

就在我複誦詞彙，驚覺某件事情的同時，醫生直截了當地對我說出了現在發生的現實：

「劍城小姐現在處於遺忘了近三年來記憶的狀態——」

這一天。

我避開了與美鶴永別的命運。

然而或許是作為代價。

聯繫我與美鶴的所有回憶，都從她心中消失了——

2.

「你到底是怎麼了？最近失誤連連啊。發生什麼事了嗎？」

上午工作時間結束的鐘聲響起後，比我大五屆的前輩猿渡先生坐在辦公椅上用腳蹬了一下地板，連人帶椅滑到我的辦公桌旁。

「剛才的障礙也沒多嚴重吧。為什麼你會花那麼多時間？對客戶的確認工作也超時，而且還去觸怒了鮫島組長。我從途中看得都好難受啊。」

猿渡先生確認我們的直屬上司鮫島組長離開座位去洗手間後，一邊注意廁所門的動靜一邊用能量飲料的瓶子戳我側腹。

我們的工作稱為『系統工程師』，負責監視網路狀況。主要的工作流程是當網路發生問題時處理障礙、調查原因並且向客戶報告結果。

這工作是三、四個人組成一個小組，分工負責從障礙發生到修復的步驟。然後不論在什麼職場都一樣，當小組中有一個人犯錯，想當然周圍也都會受到影響。只要一個人動作太慢就會拖延調查速度，使障礙的原因遲遲找不出來，連帶拖延到對客戶的對應，而且要是客戶等得不耐煩時又沒辦法好好說明，簡直可以說是糟到了極點。

當然，只要是人誰都有可能犯錯。但是如果四人小組一個禮拜五天工作中發生四次錯誤，而且都是同一個人在明明沒什麼困難的案件上失誤連連，那麼小組的組長會大發雷霆也是沒辦法的事情。

不用說，現在講的那個人就是我了。

「……對不起，拖累大家了。」

「沒關係啦，別在意。誰都會有狀況不好的時候啊。總之我們去餐廳吧。今天我請客，看你是要叫大碗的還是怎樣都別客氣。」

「謝謝你，遠渡先生。」

我這份工作已經做了幾年，應該已經算熟練才對的。但老實講，我最近的工作表現連我自己都覺得非常糟。像剛才的障礙也是，只要冷靜應對，就算是新人肯定也可以輕鬆處理。明明是當著小組晚輩的面前，這表現實在丟臉。

「哎呀，龜井戶先生，請你別太在意啦。像我不久前可是每天都在拖累大家呢！沒什麼關係啦。」

一年前加入小組的牛尾一副不會在意似地，從我面前的電腦後方探出頭如此說道後，猿渡先生接著「你是每次都在拖累大家啦」地狠毒回應。

牛尾苦笑地說了一句「說得也是啦」後，拿出一個不鏽鋼製的便當盒。裡面裝的想必是他太太親手製作的豐盛便當吧。

看到那便當的猿渡先生用錢包敲敲自己的肩膀，對牛尾露出調侃的表情。

「愛妻便當啊，我總有一天也想吃吃看哩。」

「啊哈哈，很羨慕吧。這裡面裝了滿滿的愛，超好吃的。今天是炸雞塊便當喔。」

「啊～我肚子餓扁啦～那炸雞給我一塊。」

「哇！才不要呢！請不要過來！」

猿渡先生又跨坐在辦公椅上滑向牛尾，用學生時代般的態度捉弄他。

「才二十歲出頭就結婚生了兩個孩子，你人生到底是活得多急啦？悠悠哉哉活到像我這樣大叔的年紀也可以的說。」

「請不要因為自己沒異性緣就嫉妒別人呀。前輩如果要嫉妒，不是還有另一個人可以嫉妒嗎！」

牛尾死守著自己的便當盒並試圖把對方的視線誘導到我身上，然而猿渡先生卻依然沒有改變捉弄對象。

「龜仔沒關係啦。人家那麼正經，又跟女朋友交往得那麼清純。比起嫉妒更讓人想為他加油打氣啊。哪像你態度吊兒郎當的，看了就莫名火大。」

「這算什麼理由啦——！」

「就是看你平常有沒有積陰德啦！」

「嗚哇，居然講這種話！反正龜井戶先生不久後也會結婚的啦！既沒出軌也沒吵架過，安安定定交往了三年，同居生活也近在眼前，以人生遊戲來說就是已經走到結婚前一格啦！」

牛尾說著，「對吧？」地把話題拋向我，結果我頓時讓手中的能量飲料掉到地板上。

現場緊接著陷入一片沉默。我雖然勉強露出笑臉回應，但那兩人似乎從我僵硬的態度中察覺什麼事情而面面相覷。

「啊……請問我是不是踩到地雷了？」

「呃、你最近沒精神的理由該不會是……」

反正就算否認也肯定會被打破砂鍋問到底，於是我只好放棄隱瞞，點點頭。

「請問是吵架了嗎？」

「怎麼可能只是吵架而已就失魂落魄到這種程度啦。難道……是對方出軌了？」

「咦～可是從以前聽起來，那位女朋友絕對不是會出軌的類型啊。」

那兩人紛紛把頭探過來，從兩側包夾我。

「還是說反過來？是你闖了什麼禍嗎？」

「怎麼可能？龜井戶先生才不是那種人啊。」

「還是更直接，你被甩了？」

雖不中亦不遠矣的回答在我眼前來去著。

「呃……請問我可以問個奇怪的問題嗎？」

雖然到最後一刻我都很猶豫該不該講出來，但獨自一個人承受這份感情也差不多要到極限了，於是我婉轉地吐露出自己的心聲。

「這個……只是假設狀況。」

兩人「嗯嗯」地點點頭催促我說下去。

「假設、如果，自己的太太或女朋友……有一天忽然喪失記憶，把兩人之間從相遇到現在的所有事情都忘光了，請問該怎麼做？」

猿渡先生與牛尾聽到我這麼說，當場互看一眼後，瞇起眼睛皺起了眉頭。

我想也是。忽然聽到這樣脫離常軌的發言，會露出那種表情也是難免的。

「喪失記憶……嗎？」

「……呃～抱歉……那是什麼意思？」

這反應也很理所當然。一點也不奇怪。像我也是一樣。

我自己當時也是這樣——

「記憶喪失……怎麼會……」

我雖然有聽過這個詞，但怎麼也無法接受。

為了再次確認，我望向羽毛醫生。但遺憾的是醫生表情嚴肅，已經準備繼續說下去了。

「失去記憶」這種事情首先就讓人覺得很沒現實感了，然而美鶴的反應的確很像是忽然被陌生人擁抱的感覺。

我和美鶴至今一同度過了三年的時光，彼此累積了相當程度的信賴。

再怎麼想我們都不可能會見到面認不出對方，而且就算因為在家人與醫院醫生面前被男朋友擁抱感到害羞，我也不認為美鶴會演那麼複雜精巧的一場假戲。

要不是因為喪失記憶，現在的狀況根本就想不通。

「請問所謂的記憶，是那麼輕易就會喪失的東西嗎……？」

面對如此不知所措的我，醫生似乎為了讓我冷靜下來而慎選話語進行說明：

「這是極為少見的案例，不過人的大腦本身就充滿未知，不論發生什麼事情其實都不奇怪。當頭部受到過於強烈的衝擊，或是當人遭遇超出自己接受範圍的事件時，有時候大腦就會將那件事本身以及導致那件事發生的過程都遺忘掉。遺忘的範圍因人而異，可能只有事件發生的瞬間，可能是幾個小時乃至幾天、幾個禮拜，或者幾年甚至從出生以來所有的記憶。現在講的這個是很極端的例子啦，不過……像幼年時期遭受過強烈的心理壓力或恐懼，導致長大後對當時的記憶模模糊糊想不太起來之類的案例，應該就經常聽說了吧。」

我聽到這邊，忍不住把手放到自己太陽穴附近。

因為我自己從前也有過一次類似的經驗。

「可是，三年也未免……請問這應該只是暫時性的現象，很快就會恢復了吧……？」

「嗯，如果是那樣當然最好。但這究竟是暫時性還是長期性，都要看劍城小姐本人的狀況了。」

「意思是說可能明天就會恢復，或者可能一個禮拜後就會恢復了嗎？」

「是有那樣的可能性。」

「那麼一輩子都不會恢復的可能性也……」

在我表情徹底絕望之前，醫生又安慰似地補充說明：

「不過記憶這種東西就算會被忘記，也不會完全消失的。有時候會因為一點點契機就忽然全部想起來，或是一點一滴慢慢回想起來。」

雖然這狀況也因人而異就是了。醫生為了讓我安心而如此說道。

接著好一段時間我都說不出話來，只能呆呆地坐在椅子上。

在狹小的問診室中，唯有時鐘的秒針持續主張存在。

美鶴遺忘了過去三年的記憶。

而我們從相遇、交往到今天也將近是三年。

換言之——對於現在的她來說，我根本不是什麼情人，而是素未謀面、完全不認識的陌生人。

即使腦袋可以理解，但我的心卻怎麼也無法接受。這也是當然的。

我們禮拜二晚上才在車站前的餐廳一起用過餐。

禮拜三美鶴還到我家來，兩人開開心心地玩了線上對戰遊戲。

禮拜四我們偶然在同個時間下班，就一起到附近的速食店聊天。結果因為遲遲捨不得分開而錯過了最後一班公車，於是我一如往常地護送感到不好意思的她回到家。

那時我提議說「明天我們再一起煮咖哩吃吧」之後，美鶴也用柔和的笑臉回應我：「好，那麼明天見。回去路上小心喔！」，然後直到我轉進住宅區的轉角前，她都一直站在自己家玄關門前對我揮手。

明明見面次數頻繁到沒見面的日子還比較少的程度，但看著她的笑容就會讓我很自然地期待下次快點再見面。像這樣對明天抱有希望的我還真是個幸運的傢伙啊，我不禁對自己如此感到傻眼的同時又感到開心。另外也再次確認到自己是真的打從心底深深喜歡著她，又一次對自己傻眼了。

我以為這樣充實的日子會一直延續下去，卻沒想到——禮拜五晚上再度和美鶴見到面的時候，她居然會忘記了我。

即使是自己親眼看到的狀況，但我依然無法接受。

與其說是感到難受，更應該說是我的身體還沒有適應這個事實。身體內側一波又一波的動搖讓我都感到暈眩起來了。

彷彿錯過最後一班電車而回不了家。

彷彿被孤零零地丟棄在一座無人的孤島上。

不知何去何從的心情讓人只能呆呆愣在原地。

「…………今後該怎麼辦？」

我好不容易擠出這句話之後，醫生也像是早在等我這句話似地靜靜開口：

「現在對劍城小姐來說最需要的，是好好靜養，好好吃飯。反過來說最不需要的，是責備自己想不起來的心情，以及擔心自己被周圍的人拋下而焦急的情緒。這些對身體是最不好的。」

剛才醫生似乎也有對美鶴的家人們說過這段話，而最後他也有對美鶴本人說明的樣子。

「像人在感冒的時候沒辦法一次吃太多東西對吧？現在的劍城小姐就跟那狀況一樣，必須慢慢地、慢慢地接受現況，一點一點地適應日常生活。就好像花多一點時間慢慢吃下一碗稀飯。要是勉強自己去回想可能會引起消化不良，在不自覺間累積心理壓力，進而影響到身體的狀況。劍城小姐的復健內容，就是要慢慢、慢慢地去習慣現在的生活。讓她親自去聽、去看、去接觸，應該就能慢慢回想起來。所以這邊就要拜託你了。」

醫生說著，拍拍我始終垂下的肩膀。

「要是把這件事告訴劍城小姐，她想必會對自己身處的狀況感到非常驚訝。然後好一陣子肯定會過得非常辛苦。畢竟自己腦袋中的記憶和現實世界有非常大的落差，所以會感到辛苦也是難免的。光是這點就足以造成她精神上的負擔了，而且在她周圍想必也不是所有的人都能夠配合她吧。明明錯是錯在引起這次事件的犯人，但或許也會有人責怪遺忘了記憶的劍城小姐。」

據醫生說，對於發生記憶障礙的人而言最難受的事情，就是無法得到周圍人的理解。

其實稍微想一下就能明白，如果自己因為不知道某件事而受人責備、遭人否定，無論是誰都會感到受傷的。即使心裡明白本來應該如此，但遺憾的是不論基於任何理由而傷害別人的人肯定會存在於這世上。

「所以說罹患記憶障礙的患者必須要有人在一旁扶持，讓患者可以接受現在的自己，讓心靈得以喘一口氣。而我希望龜井戶先生可以擔任這樣的角色。」

不要否定她，要有耐心地在身旁看護，讓她不要責備失去記憶的自己。

「在一旁扶持的人想必也會跟患者本人一樣遇到很多辛苦的事情。這並不是任何人都能夠辦到的事情。」

「可是……美鶴她……」

當美鶴說出「──你是誰」這句話時充滿困惑的表情又浮現我腦海，讓我握在大腿上的拳頭不禁顫抖起來。

「別擔心，我也會協助你。等一下我會去跟劍城小姐還有她的家屬們進行說明，然後就同時也說明一下關於你的事情吧。」

「可以嗎？」

「嗯，要不然你在他們面前就依然是個可疑人物啦。劍城小姐一開始應該會感到混亂，不過只要慢慢說明，她一定會相信的。因此你不需要擔心會失去自己的立場。」

到這時，我才總算吐出了一口氣。

緊繃的心中終於萌生了小小的安心——但很快又枯萎了下去。

只要照這狀況發展下去，剛才那場騷動中大家對我的誤解肯定可以在醫生的協助下獲得解決。

美鶴的父母可以明白自己女兒並不是被奇怪的男人纏上而感到放心，而對我來說不需要被美鶴與她的家人們繼續懷疑下去當然也是最好的。

可是對美鶴本人來說呢？

如果把現況告訴內心比我還要混亂的美鶴，讓她知道了「我是她情人」這樣的事實。然後呢……

就算美鶴剛開始無法相信我是跟她交往了三年的對象，不過後來漸漸接受這個事實之後，她搞不好會覺得自己做錯事而感到沮喪失落。

若只是感到沮喪失落還算好的，但要是她對於自己遺忘了這件事的罪惡感不斷累積，會不會漸漸變得滿心愧疚？

她會不會過度責備自己，覺得無論如何都要把記憶回想起來而變得拚命？

美鶴的個性是——討厭不正當的事情，總是嚴格恪守紀律，正經八百到有點小麻煩的程度。正因為我一直以來都看著她，所以很容易就能想像得到她之後被自己的記憶與自責的心情折磨而痛苦的模樣。

或許冷靜接受現狀，陪伴在一旁扶持內心困惑的女朋友是身為情人的工作——但是照現在這樣去面對內心充滿不安的美鶴真的好嗎？

把「我是妳遺忘的情人喔」這樣的事實放到她眼前，真的是正確的行為嗎？

各種糾葛在我腦中不斷來來去去。

……如果今天立場對調，她在這種時候會怎麼做……？

如果是美鶴，肯定會比自己更優先考慮遇到困境的人，即使自己辛苦也會忍耐下去。

即使狀況困難，也肯定會勇敢面對。

既然這樣……我——

心臟的聲音變得與時鐘同步，喉嚨深處不斷感到刺痛。

花了好長一段時間後，為了把內心還不堅定的決心堅定下來，我深深吸了一口氣。

「……什麼？」

聽到我的發言後，醫生就像是懷疑自己聽錯似地如此回問。

但我的回答不會因此改變，只是把同樣一句話再說出來而已：

「我這次就不和她見面了。不好意思，關於剛才的事情，可以麻煩醫生幫我隨便含糊過去嗎？」

「龜井戶先生，你在說什麼啊？不能這樣，必須好好說明關於你的事情才行。」

羽毛醫生理解了我的心情而為我感到擔心。我們明明是初次見面，我卻不禁對他抱有比過去遇過的任何醫生更良好的感覺。可以感受得出他不是機械性地在跟我對話，而是帶著感情與我交談。

可以讓如此親切的醫生擔任美鶴的主治醫生，真的是太好了。

「醫生……美鶴擁有連她自己都沒察覺的勇氣，尤其當自己認為某個行為可以幫助到別人的時候，她就會像今天這樣，做出大家沒有勇氣去做的事情……我很喜歡那樣的她，真的，喜歡到連自己都覺得誇張的地步。正因為這樣……我不希望讓她覺得自己做了錯事，不希望讓她哭泣。」

我把淋溼的包包拿起來，語氣平淡地將自己對美鶴懷抱的純粹好感，以及要是等一下就這樣回病房去說明，我擔心會發生我所不樂見的狀況等等都告訴了醫生。

「也就是說，你今後要隱瞞自己是劍城小姐的男朋友，與她接觸嗎？」

羽毛醫生明白了我心中的想法後雖然沒有露出否定的表情，不過他把手臂交抱到胸前，試探我心中是否還有猶豫。

「畢竟我是醫生，比起患者的家屬或情人，我更應該無時無刻為患者著想才行。我會希望給患者的負擔是越少越好。但你真的可以接受嗎？光是自己重要的對象失去記憶就讓人相當難受了，居然還為了不要讓她受苦而不告訴對方自己是誰……即使是局外人的我聽起來都覺得很殘酷啊。」

「如果能夠多少減輕她的負擔，我就希望能夠選擇這麼做。」

雖然我努力不讓心情寫到臉上，但恐怕還是被醫生察覺了吧。

即便如此，我依然讓自己保持著對美鶴的覺悟直到了最後。

下班後我搭上地下鐵，在周圍硬邦邦的背部與皮製手提包的包夾下搖晃了一個小時。當抵達離自己家最近的車站時，天空就和上次一樣下著豪雨。

到這時我才回想起來，今天早上自己隨意聽過的氣象預報中確實有講過「雖然梅雨季即將結束，但現在天氣還不算太穩定，今天從黃昏開始也依然有下豪大雨的可能……」之類的事情。

很不幸地，我現在錢包裡剛好沒有零錢，於是我放棄到便利商店買傘，決定下公車之後淋雨回家了。

十層樓的漂亮公寓裡位於七樓的角間房，就是我和美鶴為了同居而租的房子。

寬敞的廚房與客廳，才剛重新裝潢過的浴室與廁所，兩間分別有四坪與三坪大的西洋式房間。所有房間都有完善的收納空間，也附有陽臺，採光良好。當初不動產業者介紹這房間時的賣點就是「可以和您家的小狗狗一起舒服睡午覺喔」，但連日來的壞天氣讓人根本無法享受日光浴。

我用溼透的手將鑰匙插入鑰匙孔，打開家門。

在帶有溼氣的昏暗玄關可以看到兩個彈珠大小的黃色光點。

我從鞋子中把腳抽出來踏進房裡後，等待著我的那傢伙便輕輕用鼻子叫了一聲，纏到我腳邊來。

「我回來啦，萊斯。」

我「啪」一聲把燈光點亮，便看到了眼前這隻已經看慣的毛茸茸動物。

萊斯——我的愛犬。

牠是與我一起住在這間一個人居住太寬敞的房子中唯一的家人。

體型以中型犬來說發育得有點過剩。是一隻愛撒嬌又調皮的五歲公狗。

雖然經常被人詢問「這是哪種狗？」但很遺憾的是，牠並不是什麼帶有血統證明書的高貴小狗，而是米克斯犬（我以前說「雜種狗」的時候被美鶴罵過「請叫牠米克斯！」）。體毛幾乎全黑，配上嘴巴周圍與腳掌附近的白色，形成雙色調，耳尖下垂讓人覺得或許帶有邊境牧羊犬之類的血統；然而牠的臉部並不像西洋犬那樣凜然有神，而是日本犬特有的狸貓臉，尾巴則是彎曲起來的甜甜圈型。

牠是我小時候撿來的初代愛犬所生的小孩，而那隻初代愛犬不知為何從小狗時代就非常喜歡吃麵包而被取名為「麵包」，然後生下來的兒子就與之配對取名為「萊斯（Rice）」了。雖然個性容易得意忘形，不過很好相處。

我蹲下來與開心迎接我回來的萊斯對上視線後，牠便豪邁地全身撞過來並舔起我的臉頰。

疲憊不堪的身體頓時有種新鮮空氣注入內側般的感覺。

我自然地露出笑臉，搔搔牠蓬鬆柔軟的頭部。

與萊斯玩了一下後，我脫掉淋溼的衣服丟進洗衣機，然後就直接去沖澡了。

疲勞隨著雨水與汗水一起被沖走，讓人感到神清氣爽後，我把買來放在冰箱的涼拌捲心菜以及從超市買來已經吃慣的熟食包端到圓形餐桌上，與加熱過的冷凍白飯一起送進嘴巴。

孤零零一個人的餐桌。每吃一口食物就能清楚聽到自己咀嚼的聲音。

對面的位子雖然已經好一段時間都沒人坐過，但我還是無法感到習慣。

我不經意地抬起頭，便看到萊斯趴在餐廳與玄關之間的位置，用牠毛茸茸的尾巴以固定的節奏拍打木頭地板，雙眼注視著今天已經不會再打開的家門。
牠知道下雨天不會出門散步。
可是卻依然背對著我，尾巴「啪——啪——」地緩緩跳動。
牠的眼神中想必帶有期待與確信吧。
啊啊，又這樣啦。我如此想著，並吹口哨叫了萊斯一聲。
「她今天也不會來啦。」
萊斯立刻把頭轉回來，把耳朵微微往後動，露出『為什麼？』的表情。
狗是很聰明的動物。對於我們人類的話語即使沒有理解到很詳細的地步，也能確實感受出我們想要傳達的心情。
「美鶴她現在過得很辛苦啊。」
萊斯接著「咕……」地發出含糊的低鳴聲，感覺像在抗議說：『你在說什麼？那是什麼意思？』
不過牠大概還是從我的表情中明白美鶴今天也不會來的樣子，沒多久後便無精打采地回到餐廳，鑽到餐桌底下把臉靠在我腳上。
呼——從牠鼻子吐出的氣息聽起來就像失望的聲音。
我伸手摸摸萊斯的頭告訴牠我也是一樣的心情後，牠暖暖的舌頭便滑過我的手指。

從那之後過了兩個禮拜——

自從那天以來，我們一次都沒有見過面。

美鶴因為記憶障礙而失去的記憶是三年。

不是三小時，不是三天也不是三個禮拜，是三年。

而且那不是普通的三年，是讓我們身為情侶彼此相連的重要「過去」。

這三年的記憶從最開始的部分就完全遺漏，使美鶴從那天起變得無法把我認作情人了。

羽毛醫生雖然說他要最為患者著想才行，但還是察覺我的心境，告訴我可以向美鶴表明自己是什麼人，並陪伴在她身邊沒有關係。

然而當我想到將來有一天可能會看到美鶴被罪惡感束縛而難過的表情，我就怎麼也不希望在那時候向她表明自己的身分。

她只是做了正確的事情，沒有任何理由責備失去記憶的自己。

因此我決定今後不是身為她的情人，而是一如她現在的認知，以陌生人的身分與她接觸，默默守護她。

要把失去的關係重建起來肯定不是容易的事情。即便如此，我還是……

當時在我離去之前，羽毛醫生又稍微跟我講了一些話，關於我今後要怎麼行動，要怎麼面對美鶴。而醫生給我的建議是：

「所謂印象深刻的事物如果能夠再度體驗，就有回想起來的可能。」

漂亮的風景，去過的場所，聽過的話語。不論形式如何，據說記憶有時候會因為小小的契機影響而重新浮現腦海。

醫生有如送我一枚護身符般，直到最後都態度堅定地為我建言。

「美鶴小姐與龜井戶先生啊……兩位很登對喔。」

在最後，他還用這樣沒什麼緊張感的話送我離開。

「鶴與龜不就是會帶來好兆頭的組合嗎？所以我也為兩位深深祈禱，希望你們總有一天會遇到幸福來訪。」

我握著手機，在薄薄的棉被中縮著身體睡覺。

萊斯在腳邊靜靜睡著。明明當美鶴來我家過夜的時候牠總會鑽進美鶴的被子裡，占據在我們兩人中間，但最近連這樣教人小生氣的一幕都看不到了。

美鶴說「反正我遲早也會搬過來住嘛」，而不知不覺間展開在陽臺的數十種仙人掌盆栽以及伽藍菜、蓮花掌、銀波錦等等，看在我眼裡根本分不清楚什麼是什麼的多肉植物盆栽，都因為缺少美鶴照顧而顯得孤寂。

美鶴以前打瞌睡被我偷拍到睡臉的兩人坐沙發。

因為美鶴基於「桌子沒有稜角心情上也會比較圓滑」這樣獨特的個人見解而買來的圓形餐桌。美鶴喜歡的天藍色遮光窗簾。

美鶴說因為很可愛而買的萊斯用餐盤，以及兩人用的雙色拖鞋與馬克杯。

廚房架子上放了各式品牌的各種清潔劑，是因為只要見到『新發售』的文字就會想試試看的美鶴，總是在家裡的東西還沒用完之前就忍不住補貨的關係。

每次當我在想「庫存只要買一份就夠了啊」的時候，總會發現冰箱裡放了我喜歡喝的能量飲料，讓我覺得「算了，也罷」。到這邊為止都是一整套約定俗成的步驟。

房子裡到處都是與美鶴一起度過的日子，只要映入眼簾，腦中就會擅自重播過去的回憶。

今天她也有好好吃飯嗎？

她頭上的傷看起來好痛啊。現在有比較好了嗎？

希望她不要為了記憶的事情過度煩惱。

……啊啊。

…………好想跟她見面…………

在眼皮遮掩出的黑暗之中，我為了消掉模模糊糊浮現腦海的真心話而在床上翻了一下身體。

我現在必須等待。

為了與她重新相逢，我必須等待『最初的時候』。

就這樣，我把快要爆發出來的不安沉入心中深處，進入了夢鄉。

隔天早上，在鬧鐘響之前手機就先響起。

是羽毛醫生打來的電話，告知我美鶴已經出院，從後天開始就會回到工作崗位了。

3.

美鶴回歸職場的這一天。

我有如一名修行僧般默默執行工作，一到下班時間便離開公司，直接來到了五金百貨的寵物店。

明明是我已經來慣的店家，這次卻有種彷彿排隊等了很久很久，直到今天才總算得以入店的莫名緊張感。

我在百貨出入口附近先深呼吸，然後一直線走向位於深處的寵物店。

穿過寢具販賣處之後就能看到寵物食品的陳列架，接著是擺放熱帶魚、烏龜與金魚用水槽的水族區，再通過倉鼠或鸚鵡等等的小動物區，便能聽到小狗充滿精神的叫聲了。

四層七列的玻璃門展示櫃，每一格養一隻附血統書的小狗或小貓。寵物美容服務的櫃檯。簽署購入契約用的桌子。採用暖色調而讓人感到心情放鬆的壁紙上畫有的可愛小狗小貓圖案。打過蠟而充滿清潔感的白色地板。這就是美鶴工作的寵物店。

我為了不要太過顯眼而靠到陳列架旁邊，移動視線尋找應該會在店裡的她。

現在時間晚上七點二十分。因為是平日快要打烊的時間，賣場中沒什麼客人。在這個時間帶，店員們通常會在店後方的員工區照顧狗貓、清潔店內或是享受遲來的休息時間等等。

我假裝自己是下班路上順道來為愛犬買零嘴的客人，沿寵物店的外圍繞了一圈。

不用多久，我便看到了那抬頭挺胸的身影。

長長的頭髮綁成一束，握著拖把清潔地面。大概是事件留下的傷口還沒痊癒的關係，頭部依然包著薄薄幾圈的繃帶。

她緩緩轉過來的側臉看起來隱約帶有疲憊，而且偶爾會停下腳步，彷彿看到什麼稀奇的東西般環顧店內後輕輕嘆氣。

我記得美鶴在這間寵物店工作了三年又幾個月。

如果她現在失去了三年份的記憶，就只剩下剛進來幾個月還是個新人時的記憶了。因此現在的她並不知道一年前店內進行過大幅改裝，或許是對陌生的職場環境感到困惑吧。

我因為經常會來這間寵物店的關係（假裝來買東西但實際上是為了來見美鶴的事情應該沒有被人發現才對），所以跟這裡的店員以及副店長阿姨都認識，偶爾也會聊聊天。

而那起事件之後，我有一次假裝來買狗飼料並若無其事地詢問了一下，知道店裡的大家都非常擔心美鶴的狀況。

美鶴當初似乎也有表明希望回到職場的意思，然而畢竟情況特殊，據說店長一開始是預定要勸美鶴簽署合意終止勞動契約的樣子。

我從以前就有聽過，這家寵物店名叫熊谷的店長好像是一位個性乖僻的中年男性，平常就會對女性店員或個性較柔弱的店員們過分地挖苦諷刺，擺出身為上司非常不應該有的陰險態度。美鶴變成現在的狀態後他非但沒有表示關心，甚至大概是想趁這機會把美鶴趕走吧。

然而那天美鶴試圖捉捕的犯人是前幾天也在附近的酒行、超市、家電量販店大量竊盜高價商品並逃走的累犯，包含這間寵物店的商品在內，當時這棟五金百貨估計可能損失的金額據說高達幾十萬元。而就結果來說為逮捕犯人提供了重大貢獻的美鶴不但受到警察與五金百貨的稱讚，甚至好像還有收到感謝狀的樣子。

再加上大家紛紛為美鶴求情，認為把挺身阻止了店家受害的美鶴逼到退職也未免太過殘酷，而獲知詳情的寵物店總公司也認同讓美鶴出院後回歸職場，終於讓美鶴退職的危機獲得了解決。

可以說是職場的同僚們以及公司都站在美鶴這邊，而拯救了對工作著落感到不安的她吧。

我當初聽說這件事情的時候也深深感到安心。畢竟如果不只是記憶，連自己最喜歡的工作都失去了，她肯定會感到更加難過。

……好，話題有點偏離了。從這裡回歸主題。

周圍看不到其他顧客或店員。若要行動就要趁現在。

於是我裝出平靜的態度走向展示櫃，在第一層最邊邊的一格中跳來跳去的巴哥犬正面蹲下身子。

我記得以前第一次嘗試與美鶴接觸的時候也是這種感覺。

「——巴哥犬很可愛是吧。這種狗個性很親近人類，相當受歡迎喔～請問您家裡也有養狗嗎？」

就在我隨意伸著食指吸引小狗注意的時候，意外地很快就聽到腳步聲從背後靠近。接著被對方搭話的我忍不住把原本應該仔細準備好的冷靜態度都當場丟掉，反射性地把頭轉了過去。

兩手握著拖把，用親切的笑容探頭看向我的——正是美鶴。

因為很久沒有如此近距離跟她見面的緣故，我的緊張指數頓時爆表，差點忘記接下來應該說的話。

「哦哦，呃……是，有養。我有養狗。」

我的回答僵硬到讓人難過的地步。

不對，不能這樣。這樣是不行的。要保持平常心。平常心。

就在我拚命在心中如此告誡自己的時候，看著我的美鶴忽然抖了一下肩膀，然後表情漸漸變得緊張起來。

「你是——」

上次在醫院忽然抱住我的那個怪人——她大概是這麼想的吧。

她假裝若無其事地往後退了一步，將別在檸檬色圍裙上的名牌趕快拿下來收進口袋中。

原本應該在笑的眼眸中開始流露出警戒的神色，彷彿在確認記憶似地瞇起眼皮。

「是上次……在醫院……」

在她繼續說下去之前，我故意用比較誇張的動作扶了一下眼鏡，一臉感到奇怪地歪頭。

「醫院……？」

「咦？」

見到我這樣冷靜的態度，她頓時變得像石頭一樣僵硬。

接著用懷疑的表情注視我的臉。

「呃，請問我們有見過面吧……上次？」

「是這樣嗎……？」

我努力擠出自己原本就不精湛的演技。

「你在跟我裝傻嗎？」

「什麼叫裝傻呢？呃……」

「……怎麼可能、這……」

美鶴雙唇緊閉，用手摸著自己的後腦杓。

原本目不轉睛地觀察我反應的視線，沒多久後便開始不安定地到處亂飄，然後趕緊對我彎腰低下頭。

「對不起。那個、我認錯人了……非常抱歉。」

聽到她這句話，我默默在心中鬆了一口氣。

曾經有幾次別人說過我戴眼鏡時跟沒戴眼鏡時給人的印象完全不一樣。看來那是真的呢。

上次我是在拿掉眼鏡的狀態下與美鶴見面，原本用髮蠟抓起來的髮型也亂糟糟地垂下來，再加上全身被淋成落湯雞。即使是同一個人，今天的我和上次的我看起來應該會差很多吧。

為了以陌生人的身分重新與美鶴認識，我必須想辦法把當時自己給美鶴心中留下的差勁印象抹消掉才行。

當聽到羽毛醫生提出「那就乾脆讓對方以為自己認錯人就好了」的建議時，我原本還膽小地認為事情怎麼可能那麼容易。不過看來這三個禮拜的時間中，那場令人不愉快的記憶在美鶴腦中已經變得模糊，讓我意外順利地從她的警戒對象名單中被排除了。

「真是不好意思，說出了那麼失禮的發言。」

面對一臉愧疚地不斷對我道歉的美鶴，我趕緊接著說道：

「不、不會不會，沒有關係的。認錯人這種事情常有的，常有常有……！」

雖然說是為了接近她，但其實應該道歉的是正在對她說謊的我才對啊。

我不禁在內心小聲說了一句對不起。

「……很可愛是不是？」

「咦？」

「請問您喜歡巴哥犬嗎？」

對於重新振作起精神，恢復笑容繼續接待的美鶴，我不禁感謝。

「我覺得這張充滿個性的臉很可愛。不久前我在電視劇上看到巴哥犬，就覺得很不錯啊。」

「哦哦，像這種臉蛋皺皺的短鼻犬，也就是人家常說『又醜又可愛』的類型，一旦迷上那種魅力就會很難脫身呢。如果您不介意，要不要抱抱看？」

「可以嗎？」

「當然。讓客人抱抱對小狗來說也是一種親近人的訓練喔。」

「那我就抱抱看吧。」

美鶴拿起掛在腰上的消毒噴霧罐，為我的雙手噴了一下。

接著她打開巴哥犬的籠子後，不斷搖著屁股的可愛小狗就經過她的手傳到我手中。

撲通撲通撲通。快速的心跳節奏透過肌膚傳到我手上，溫暖的小舌頭輕輕舔了一下我的下巴。

「這孩子是母的嗎？……哦，好可愛啊。」

我嘴上雖然這麼說，不過抱狗的動作倒是提心吊膽。雖然我自己有養狗，但是抱小狗已經是很久之前的事情了。好動的小狗要是沒抱好感覺就會從手中掉下去，太小的身體又讓人不知道可以承受多少的力道。

「您可以把手放到牠屁股下面，並扶著牠的腹部，就可以比較安定了……像這樣。」

美鶴看不下去而伸出手來。她的指尖輕輕觸碰我不知如何是好的手之後，就像是施了什麼魔法一樣，小狗的身體穩穩地收在我懷中了。

和我們初次見面的那天完全一樣的互動。

「哦哦，不愧是寵物店的店員小姐，這樣就好抱多了。」

我笑了一下後，美鶴也露出可愛的微笑回應。

「妳頭上的傷，還好嗎……？」

「咦……哦哦。」

美鶴用手摸了一下包在她頭部的繃帶，面露苦笑。

「這只是遇到了一點事情。因為我做事冒冒失失的……不過實際上並沒有外表看起來那麼嚴重喔。」

「是這樣啊。祝妳可以早日康復。」

「謝謝您。」

美鶴恭敬有禮地對我鞠躬。

就在這時，我莫名覺得她離我好遠。

即使被遺忘，我們這三年培養出來的羈絆也絕不會那麼容易被打擊。

雖然我並沒有真的懷抱如此天真的期待，但這下讓我親身體驗到所謂的記憶障礙比我想像中的還要棘手。

・美鶴真的回到三年前的狀態了。

我們兩人一起散步過的路。為棲息在神社的野貓們一隻一隻取名字的事情。在散步途中找到一家小咖啡廳喝過的漂浮汽水的味道。

身為料理初學者的我勉強做出一盤糟糕的炒飯時，她額頭流著汗水也依然吃下去並稱讚說很好吃的事情。

出遠門到植物園一起挑選的仙人掌盆栽。我向她商量要不要同居時，她害臊回答我的那一天。

有如一隻忠犬般痴痴等待美鶴回來的萊斯，她現在也不認識了。

在我們稱作櫻花隧道的一整排淡粉紅色路樹下，兩個人一起走在飛舞花瓣之中的景象。

毫不厭膩地觀賞紅色與黑色在透明的水槽中優雅舞蹈，以及小販現場製作如寶石般閃耀的麥芽糖工藝的那年夏天廟會。

到染成一片紅色與黃色的山脈圍繞的小溪釣魚時，不小心滑倒讓兩人都全身溼透的回憶。以及美鶴伸手抓到羽毛般輕輕飄落的雪花後開心轉回頭看向我的回憶。全部——

「那就明天見囉。」

「好的，明天見。」

「話說那時候啊……」

「是呀，沒錯。」

只要一方說話，另一方就會理所當然地回應。我們之間，已經不再是那樣的關係了。

自從那天之後，我明明已經說服過自己好幾次，好幾次地說。

但此刻我才深深體會到，自己失去的東西究竟有多大。

…………不。

這種事情我應該早就做好覺悟了。不能老是那麼悲觀。

於是我放鬆揚起僵硬的嘴角，輕輕把小狗歸還到美鶴手中。

「謝謝妳。我差不多該走了。請問我下次可以再過來嗎？因為我很喜歡狗。」

「當然，恭候您再度光臨。」

「祝妳的傷可以快點復原喔。」

就在我對小心翼翼抱著小狗的她笑了一下，並準備離去時……

「那個……」

她忽然又把我叫住。

「什麼事……？」

「呃……請問、以前……我們是不是、在什麼地方見過面？」

美鶴如此說著，臉上露出困惑的表情。

對於那樣的她，我瞇起眼睛，又再度揚起嘴角。

「我想應該沒有吧。今天……肯定是我們初次見面才對。」

走出五金百貨後，我暫時先回到了美食廣場外的長椅上。

雖然有很多複雜的部分，不過至少我很高興能跟美鶴講到話。

她頭上的傷似乎也好了一些，讓我感到安心。

能夠看到她的笑臉真是太好了。

這樣想想，胸口的痛楚便稍微緩和下來。

就在這時——我忽然被人從背後拍了一下。

於是我轉回頭，看到一位和美鶴一樣穿著檸檬色圍裙的女孩子站在那裡。

「啊……對不起喔，我不是美鶴學姊。」

對方明亮的髮色加上嬌小的身材，外觀上要說像個中學生也不為過。

我記得她是——

「呃，你是……龜井戶先生、對吧？我叫貓村，以前應該有在店裡講過幾次話吧？」

對了。她是跟美鶴從同一間專科學校畢業的學妹。因為我聽美鶴說過她們平常感情不錯，所以其實我在貓村小姐本人所想的時期更早之前就已經知道她這個人了。

一對大大的貓眼睛，笑的時候隱約可以看到的小虎牙，是個臉蛋像小貓一樣的童顏女子。

我們雖然彼此見過面，但我是第一次在寵物店以外的地方被她搭話。為什麼貓村小姐會選在這種時機找我講話呢？

在我如此詢問之前，貓村小姐就先對我提出了問題：

「呃，其實我有一點事情想要問問你，請問你現在有時間嗎？」

「咦？哦、嗯。」

「那麼恕我唐突了。龜井戶先生，請問你是不是和美鶴學姊在交往呢？」

貓村小姐見到我的反應，頓時露出「果然如此」的表情，開心得讓聲音都高了一階。

「果然！兩位在交往對吧……！」

我因為這出乎預料的直球詢問忍不住眨眨眼睛後，貓村小姐也模仿我快速眨了眨眼皮。

「呃呃……」

「沒錯吧？」

對方進一步的追問讓我沒辦法撒謊，只好點了點頭。

「果然！畢竟龜井戶先生經常來我們店裡嘛。多的時候甚至一個禮拜會來三、四次買狗狗的飼料，絕對很奇怪呀！所以我一～直在想可能是為了什麼其他的理由！然後仔細觀察之後發現你的視線老是追著美鶴學姊，然後美鶴學姊也感覺好像莫名在意你的樣子。我就猜想這兩個人搞不好有什麼關係呢！」

貓村小姐「啪」一聲合起雙手，興奮得眼神閃閃發亮。

好厲害的觀察力……對她來說我應該頂多只是許多客人之一而已，沒想到居然會被她看穿到這地步，讓我一點都沒有辯解的餘地。或者反而應該說是我的行動有那麼明顯嗎？這樣回想起來總覺得好丟臉啊。

「這樣呀～說得也是！畢竟兩位很登對嘛，理解理解！」

她因為推理結果正確而一個人表現得非常開心，但沒多久後又像洩氣的皮球般露出黯淡的表情。

「對不起……重點不是這個。我想問你的不是這件事……」

貓村小姐尷尬地如此說道後，心情靜不下來似地用腳尖敲起地面。

「關於美鶴學姊……的記憶。」

我當場在內心「啊啊……」地明白了她想講的事情。

「請問龜井戶先生也知道吧？」

「嗯，我在醫院聽過了。」

「對……就是這樣。我們知道的時候也感到很驚訝……那個，請問你沒有向學姊說明自己的事情嗎……？」

我回答之後，貓村小姐頓時感到難以置信似地愣了一下。

「為什麼！學姊和龜井戶先生明明是男女朋友，沒有必要隱瞞吧！」

「因為我認為要是說出真相，美鶴搞不好會變得比現在更焦急。」

焦急的心情可能阻礙記憶恢復，對她的身心也可能造成影響。我剛才看到美鶴那樣疲憊的模樣，就再一次認為現在並不是告訴她這件事的好時機。

「所以我打算看情況稍微穩定一點之後再告訴她。而在那之前……我會以一個剛認識不久的客人的身分與她接觸。」

「請問這樣沒關係嗎？就算是為了學姊，但這樣龜井戶先生應該會很難受吧？」

「現在絕對是美鶴過得比較難受，我沒有關係的。倒是貓村小姐，如果美鶴在工作上遇到什麼困難，可以請妳幫幫她的忙嗎？拜託妳了。」

我說著向貓村小姐鞠躬後，她露出一臉複雜的表情「嗯……嗯……」了好一段時間。

「我知道了。既然這樣，請讓我也軋一腳吧……！」

「什麼？」

「我都已經把頭探進來問了這麼多，最後卻只是丟下一句『請你加油喔』就拍拍屁股走人的話，也未免太差勁了吧。如果有什麼我能幫忙的事情，我一定會提供協助！我希望能幫忙兩位恢復關係！可以嗎？」

面對如此突然的提議，我不禁當場愣住。

「這……不好意思啦。」

「才不會，遇到困難的時候多一個人好過少一個人！當龜井戶先生不在的時候，我會負起責任看好學姊，萬一發生什麼事就馬上通知你！」

「這樣確實很讓人感激啦，可是……」

貓村小姐不理會我猶豫的態度，一臉得意地如此宣告後，從口袋掏出一本筆記本，拿筆在上面寫了些東西。接著撕下來遞到我面前的那張紙上，寫有她的聯絡方式。

「這個，如果你不介意就請拿去。我也可以明白學妹現在過得很辛苦，因此我也希望能助她一臂之力。再說……」

「再說？」

「學妹居然交到了這麼溫柔的男朋友，如此重大的事情我卻都沒聽她說過呀！而且還整整瞞了我三年！等到美鶴學姊回想起來的時候，我一定要好好唸她一句太見外了，然後盡情跟她聊戀愛的話題！」

貓村小姐一副幹勁十足地挺起胸膛。搞不好她的動機有八成都是為了這個理由。

對於她這樣有一點點強硬的提議，我不禁感謝。然而這畢竟是我和美鶴之間的問題，所以我一時想說要當場婉拒，心領她的好意就好。但是剛才結束與美鶴的初次接觸之後，我也有感受到光靠自己一個人的力量解決問題實在非常困難，如果有人願意提供協助確實會比較好。再加上是同個職場的同僚也比較能知道美鶴的狀況，而且同為女性應該也比較好講話吧。

我猶豫許久後，決定老實接受她的好意了。

「謝謝妳，貓村小姐。這真的幫上我很大的忙。」

「請不用客氣，有事就儘管拜託我吧。」

意想不到的協力者登場，讓我心中微微燃起了希望的光芒。

4.

氣象報導總算發表梅雨季結束的七月下旬，禮拜天。

這天對美鶴來說，再怎麼委婉形容也想必是非常糟糕的一天吧。

中午之前為了準備資格考試而都在唸書的我，想說下午再去見一次黃昏時段會下班的美鶴。

於是我趕緊把該做的事情都做完後，換上一套感覺路上隨處可見的平凡打扮，背起單肩包。為了展現我的幹勁，還對慵懶趴在冷氣下的萊斯敬了個禮。

本來還以為萊斯會立刻跳起來送我出門的，沒想到這愛犬已經徹底成為了冷氣的俘虜，根本不理會主人，只是揮揮尾巴送我離開而已。

當然一方面也可能是天氣炎熱的緣故，不過牠大概是因為美鶴都沒有來家裡而在鬧彆扭吧。原本喜歡玩球，喜歡吃肉乾點心的牠，最近都對那些東西顯得興趣缺缺。

「那我出門囉。」

把看家的任務交給了不管聽到什麼都只會用尾巴回應的萊斯後，我便走出了家門。

下午一點左右。

我來到五金百貨，坐在二樓速食餐廳的吧檯席上。

雖然感覺來得好像有點太早，不過為了讓我接下來的第二次接觸行動能夠自然而順利，我要事先研擬作戰計畫才行。

要是到美鶴下班前才現身，胡亂向她搭話也很危險。而且我必須在她眼中看起來是個只見過一次面的客人。要是在哪裡露出馬腳，被她發現我是之前在醫院抱她的那個可疑人物就完蛋了。因此我隨時都要慎重行事。

我把吸管插入冰咖啡中，將視線往樓下望去。

這間餐廳呈現一個『ㄈ』的形狀，只要坐在位於內側的吧檯座位就能看到一樓賣場的樣子，感覺很有趣。

正下方是日常用品區，旁邊是家具家電，從我坐的這個位子也能清楚看到位於牆邊的寵物區。

因為今天是暑假期間加上禮拜天，賣場到處都是攜家帶眷的客人們。寵物店也不例外，套著檸檬色圍裙的店員們分散在店內各處忙著接待客人，感覺連休息的時間都沒有。

在那樣到處是人的店內，美鶴果然也在其中。

在我看來只有一個拇指大的她提著水桶與抹布，注意不要妨礙到客人之下進行著賣場清潔的工作。

據說，傳聞中的那位店長非常反對美鶴回來，認為那等於是讓店裡多一個礙手礙腳的人而已。而且美鶴回歸職場之後那位店長有事沒事就會對她很凶，也不教她如何接待客人等方面的工作，始終只會叫她去打掃。這些都是我從貓村小姐提供的情報中得知的事情。

明明遭受如此明顯的惡意對待，美鶴大概也是一句怨言都沒有，並說服自己說這是最符合自己現在立場的工作吧。跪在地上勤奮拿著抹布擦拭的模樣看起來有如被當成傭人對待的灰姑娘，教人胸口一緊。

對於那樣一心一意努力工作的她，我不斷在心中喊著「加油」。

真希望自己能做什麼讓她開心的事情。能夠讓那樣拚命努力工作的她綻放笑容的什麼事情……

正當我如此思考的時候，意外發生了。

清潔完地板，接著在擦拭陳列架的美鶴忽然一臉感到奇怪地伸長脖子，接著用稍快的腳步走向展示櫃的方向。

於是我跟著望過去，便立刻明白美鶴注意到什麼了。

有個年紀大約幼稚園左右，而且是一頭金髮的小男孩在粗魯拍打著展示櫃第二層的玻璃門。

那或許是在寵物店很常見的場面，但不能因此就放著不管。其他店員們似乎也很在意的樣子，可是大家都忙著接待客人無法抽身。

這時提著水桶與抹布的美鶴趕到了小男孩面前，彎下身子對小男孩說話。不斷比手畫腳的她大概是努力想告訴對方「不要拍玻璃門，會嚇到小狗狗」吧。

然而那個小男孩卻完全不聽話，依然繼續拍打展示櫃。

大部分的寵物店都有規定，如果沒有家長陪同，就不能讓小孩子抱小狗小貓。美鶴似乎也有告訴對方這點，可是不管等了多久，小男孩的家長都沒有現身。最後美鶴只好在不得已之下把清掃用具放到腳邊，從最上層的展示櫃中抱出一隻吉娃娃，並蹲低身子讓小男孩也能看到。可是——

小男孩大概依然覺得不滿的樣子，竟一把從美鶴手中搶走小狗，更誇張的是居然把小狗像拋球一樣丟向地板。

危險——

衝擊性的瞬間讓我忍不住整個人站了起來。

就在絲毫無法抵抗的小狗落向地面，摔在堅硬的地板上——的前一刻，美鶴伸出雙手，用自己的全身包住小狗的身體，連保護自己的動作都沒能做出來就摔在地板上了。

她的身體撞到水桶，讓髒水當場灑出來，而且大量地潑在美鶴身上。來來往往的客人們都因為她這奇怪的行為停下腳步，讓那一區變得騷動起來。

千鈞一髮之際保護了小狗的美鶴顫抖著溼透的身體，勉強把頭抬起來瞪向往後退下腳步的小男孩，接著大概是說了什麼話。

小男孩頓時表情一皺，嚎啕大哭起來。

聽到那樣的哭聲才總算現身的，是一名打扮花俏的年輕母親。

接下來的幾十分鐘，小男孩的母親激動得連坐在遠處的我都能清楚感受到，不斷責罵著全身滴水的美鶴。

美鶴雖然一直鞠躬，拚命想要說明狀況，可是那位母親遲遲沒有息怒。不久後身材肥胖的店長也從店內走出來，可是他與其說是冷靜詢問狀況，還不如說是只會不斷彎腰道歉，讓狀況一點都沒有改變，甚至讓人覺得是進一步為對方的怒火投下燃料。

美鶴抓著自己圍裙的裙角，露出快要哭出來的表情。潑向她的怒罵聲感覺連我這裡都能聽到，讓我握著咖啡紙杯的手不斷顫抖。

原本在補貨的貓村小姐從架子後面一臉不安地探出頭，用緊張的眼神望著賣場中心發生的這齣慘劇。

不行……我看不下去了——

於是我轉身衝出速食餐廳，奔下樓梯。

我知道自己只是個局外人。可是那情景實在過分到讓人沒辦法閉嘴看下去。

撥開人群後，我好不容易來到現場附近。

「我感受不到你們的誠意！給我跪下來！」

在人牆的另一頭，我甚至聽到了那樣蠻橫不講理的發言。

別開玩笑了——錯的人不是美鶴啊……！

「——這位客人，請您到這邊就好了吧。」

就在我準備介入現場的時候，從一旁忽然傳來這樣冷靜的聲音。

一名面露微笑的男性店員不慌不忙地穿過我身邊，站到怒氣衝天的那位母親面前。

「幹什麼？你是什麼人！」

「非常抱歉讓客人感到不愉快。我是這裡的職員，敝姓鴗原。」

店長雖然「喂，你快退下」地責備那名男店員，然而他卻依然用堅毅的態度低頭看著那位激動的母親，並把手伸向後面，將一條毛巾披在低著頭的美鶴頭上。

「相信您的小孩是受到驚嚇了。不過我們這位店員也是有她的理由才會做出那樣的行動。她始終都非常認真地在執行她的工作，絕非是為了惹客人不愉快。在這點上還請您寬容諒解。」

「啥！都惹我家小孩哭了叫什麼認真！」

「那麼請容我證明一下吧。證明她並沒有做出什麼嚴重到需要被強求下跪的錯事。」

男店員一臉輕鬆地伸手指指天花板。

「我看看……剛好就在那邊有一臺監視攝影機。煩請您跟我一起到辦公室來一趟吧。只要客人您親眼確認過影像，應該就能接受了。」

他雖然帶著笑臉但態度絕非卑屈。有如把占優勢的棋子擺到棋盤上有效的格子般，誘導行動自然而毫無多餘。很明顯慣於交涉，恐怕是個萬一敵對就會很棘手的人物。

有這種感想的人似乎並不只有我。到剛才還表情得意洋洋的那位母親，頓時變得有點語氣焦急了。

「有、有攝影機又怎麼樣嘛！」

「——妳適可而止吧，再繼續下去丟臉的可是妳喔。」

就在那位母親打算繼續大吼的時候，一名身穿西裝的中年男性表情無奈地從背後拍拍她的肩膀。

「那位大哥說得沒錯。這位小姐是很認真在工作。我有在旁邊看到，妳剛才坐在那邊的長椅上一直在滑妳的手機對吧？妳知道那時候妳小孩做了什麼事情嗎？又粗魯拍打展示櫃，又踢小姐的腳，簡直無法無天。我在一旁看的時候還覺得這小孩都沒有受到家長好好教育，實在可憐。結果妳知道後來怎麼樣嗎？那小姐抱小狗給妳家小孩看，妳小孩居然把狗抓起來想摔到地上啊。那小姐奮不顧身才救了小狗，可是妳小孩到最後連一句對不起都沒說。這樣被罵也是應該的吧？可是妳居然叫人家給妳下跪？不要胡說八道了。」

不是只有我，大家都是這麼想的。聽到對方這句話之後，那位母親才總算注意到周圍冰冷的視線都集中在自己身上，立刻臉紅起來。

「什麼嘛……只是小孩子做的事情呀。」

迫不得已中丟下這句話後，那母親便抓起小孩的手臂，拖著小孩消失在人群之中了。

暴風雨過境，一時還擔心該如何是好的我也總算鬆了一口氣。然而……

「在這麼忙碌的時段還給我惹這麼大的麻煩。明明都工作三年了卻一點都不成戰力……要是覺得自己做不下去，妳今天就可以走了沒關係。」

一波未平一波又起。美鶴接著又從店長嘀咕的這句難聽話語開始，被帶到店後面似乎整整被訓了一個小時以上。

當她把弄髒的身體擦乾，換上備用制服再度從員工休息室回到店面的時候，不但臉色蒼白，又不斷擦拭眼角，垂著肩膀，教人看得心疼不已。

到頭來，我都只能在一旁看著而已……

下午六點。

根據貓村小姐提供的情報，美鶴從那段在員工休息區的訓話開始直到下班都不斷被店長碎碎唸，過了非常悽慘的一天。

為了幫那樣的美鶴打氣，其他員工們似乎有約她一起去喝酒的樣子。不過美鶴聽說已經離開的前輩們也會出席，大概是想說當中可能有自己不記得的對象，為了不要讓對方感到失望而婉拒了邀請的樣子。她其實應該很想去的。

不能讓美鶴再承受更多的負擔了，我今天還是不要跟她見面比較好。雖然我心中這麼想，但因為她的樣子看起來實在非常憔悴，讓我怎麼也沒辦法就這樣回家，而跟在她的後面。
疲憊不堪的腳步，搖搖晃晃的肩膀。
我本來想說就一路護送到她家附近，可是美鶴卻沒有直接回家，而是走在車站對面一條寂寥的道路，不久後進入一座路燈很少的公園，全身癱軟地坐到一張長椅上。
她會這樣繞路不直接回家是很稀奇的事情。會不會是她家裡也發生了什麼事情……不好的事情總是容易接踵而來。我以前聽說過美鶴經常會和她父親發生衝突，這次也不無可能。
剛才那個很為學姊著想的貓村小姐有傳了一封『請好好鼓勵一下學姊喔！然後也趁這時候大幅提升龜井戶先生在學姊心中的好感度吧！』的訊息來為我打氣。我當然也很想那麼做，可是在這樣的狀況下究竟該如何是好……
躲在公園出入口看著長椅方向的我，根本已經完全是『那種人』了。一想到這樣的情景萬一被警察撞見，我心中就緊張得要命。
話雖如此，但我也無法放著那樣心情沮喪的美鶴不管。太陽已經完全下山，我不能讓她獨自一個人留在這樣昏暗無人的公園。萬一又發生什麼事情可就不好了。
正當我這麼思考的時候，視線前方的美鶴深深把頭低了下去。

「……！」

從她的臉落下一滴又一滴地水珠。

然後她為了阻止水珠落下而把手放到臉上，隨著吐息一起發出的難受聲音連我都可以聽到。

我根本連猶豫『該怎麼辦？』的餘力都沒有。

既然她在我眼前哭泣，我沒有理由繼續默默旁觀。

美鶴注意到我的身影出現在長椅旁邊圓形的路燈光線中，頓時小聲叫了一下後，把臉別開。

「你是……上次那位……為什麼會在這裡……」

「啊……抱歉。呃……」

我搔著自己的後腦杓，思考可以說得過去的理由。

「今天因為白天都很熱，我一直都躲在自己家裡。不過現在變得比較涼了，我就想說出來散散步到寵物店去療癒一下自己的心。結果剛好看到美……不對，看到店員小姐走向公園。我想說天色已經這麼暗了，讓女性獨自一個人可能有點危險這樣……」

「結果你就看到了嗎……」

聽到她哭泣的聲音如此說道，我頓時感到心痛。

我實在無法跟她說，其實我從白天就在看著她了。

「……對不起。」

「那個……不好意思，請問現在可以放我一個人嗎？」

美鶴即使擤著鼻子也努力想要裝出平常的表情。

「妳沒事嗎？」

「我沒事……我當然沒事的。」

怎麼可能沒事。當妳哭著說自己沒事的時候，通常都是有事啊。

「總之請你不要管我了。拜託你離開吧……」

淚水又把美鶴的臉頰沾得更溼。在努力讓自己不要繼續流淚的她面前，我彎下膝蓋，從單肩包中拿出面紙遞向她。

「或許是我多管閒事，但如果妳不介意，請拿去用吧。」

結果她似乎感到很驚訝的樣子，瞪大眼睛來回看向我的臉與我手中的面紙。一段時間後，她小聲說道：

「…………女子力好高。」

這句我曾經聽過的發言讓我忍不住摀著嘴笑了一下。

「會很怪嗎？」

「不，只是我第一次遇到男性給我面紙……」

美鶴雖然感到奇怪，但並沒有拒絕我的好意，拿面紙輕輕擦拭溢出眼眶的淚水。

在等待淚水停止的這段時間，她或許是很在意默默站在面前的我，於是瞇著哭紅的眼睛把身體移到長椅的邊緣。

「你……坐下來吧。」

「可以嗎？」

美鶴即使看起來有點不甘願，但還是回答了我一聲「請」。

「那我就打擾了。」

要是直接坐到旁邊她應該會感到警戒，因此我也輕輕坐到長椅的另一邊。好一段時間中，兩人都保持沉默。

耳朵只聽得到草叢中的蟲鳴聲，以及遠處電車行走的聲響。

美鶴偶爾會擤一下鼻子，然後稍微背對我。而我則是只用視線若無其事地偶爾看向她。

「……那個，請問妳又受傷了嗎？」

美鶴聽出我是在講她臉頰與兩邊手肘上大大的ＯＫ繃，於是用手擦著自己手臂露出苦笑。

「是的……發生了一點事……」

「妳很努力工作啊。」

我回想著自己看到的情景如此說道後，美鶴沉著眼皮回應：

「不是的，只是我太莽撞了而已。我這個人就是做事冒冒失失，明明想要加油把事情做好，卻總是瞎忙一場。」

「那就是很努力啊。努力是好事。」

「就算再努力，結果很差勁就不叫好事了……」

「請問是發生了什麼事嗎？」

「沒有什麼事。」

「可是妳在哭。」

被我指出這點後，她的聲音變得帶有焦急：

「這是……因為我有點睡眠不足，打了個呵欠就剛好流出眼淚而已。」

遇到這種時候她總是會很頑固。我不禁回想起兩人剛開始交往的那段日子。

她現在需要的應該不是只有表面溫柔的話語，而是可以緩緩傾吐心情的場所吧。

「呃，如果妳不介意，反正我很閒，可以讓妳吐吐苦水之類的喔。」

「不，那個，我也沒什麼苦水要吐的……」

「或許是那樣啦……不過當人遇到難受的時候，轉成話語吐出來會是最舒暢的。抱著討厭的想法回家不是很難受嗎？」

「為什麼講得好像前提是我正在苦惱一樣？」

因為我知道妳遇到的苦惱啊。不過這句話只留在我心中，沒有講出來。

「假設啦，假設妳有什麼話很想講給別人聽，但是周圍卻沒有那樣的人，家裡又遇到什麼討厭的事情讓妳不想直接回家，但自己一個人又覺得很難受的時候，其實讓誰聽妳講話都已經無所謂了吧？如果妳遇到的是那樣的狀況，現在這裡剛好有個閒人可以扮演那樣的角色喔。」

「那是……」

或許是幾乎被我說中的緣故，美鶴露出感到奇怪的眼神注視我。

正當她接著張開嘴巴想要講什麼話——的時候，她的肚子忽然「咕嚕嚕」地發出可愛的聲音，然後明明為時已晚了卻還是動作誇張地壓住自己的肚子。

「妳肚子餓嗎？」

美鶴當場害羞到面紅耳赤，繃起嘴角。

「我……中午沒吃東西。」

那可不好啊。當我這麼想的同時，最棒的點子頓時浮現腦海。

於是我立刻站起身子。

「如果妳方便，要不要現在一起去吃個飯？」

「什麼……？」

「當人沒有精神的時候，去吃一頓美食是最好的了。在這附近有一間非常好吃的咖哩店喔！」

「請等一下，怎麼這麼突然……」

或許我這麼做有點強硬，但是現在不能卻步。即使多少有點硬來也要堅持下去，這樣肯定可以讓她恢復精神。我有那樣的自信。

「妳就當作是被騙一次，跟我一起來吧。我絕對不會讓妳後悔的。」

「不……可是……」

不久前才認識的人。來店裡光顧的客人。明明彼此關係也沒有很親，為什麼這個人要如此拚命地邀請我——

面露困惑的美鶴腦中此刻想必就如車水馬龍的交叉路口一樣，各種思考不斷來去吧。

即便如此她卻沒有立刻拒絕我的原因，一方面是因為她現在真的很餓，再加上『咖哩』這個最愛詞彙讓她動心了。

美鶴很喜歡吃咖哩，尤其喜歡夏天吃咖哩。

也許利用食物引誘人是有點狡猾的手段，不過從她的表情與行為看起來，我還有再推一把的餘地。
「那家店真的很好吃喔。」
我彷彿在戳對方的弱點般補充起來。
「料又大塊，肉又很嫩。」
美鶴的肩膀抖了一下。很好，有效果了，再推一把。
「夏天的咖哩，即使是在沒有精神的時候也能一口接一口吃下去對吧。」
經過很長很長的一段沉默後。
「…………那個、請問那間咖哩店在什麼地方？」
我聽到她帶著害羞的心情如此小聲回應，立刻在內心激動地高舉起拳頭。
「就在這座公園轉過去的地方。」
「……你要帶我去的，真的是咖哩店嗎……？」
「嗯？是啊。」
「…………」
「妳不想去？」
我確認對方想法似地如此詢問後，她總算放鬆緊繃的嘴角，做好覺悟似地冷漠回了我一句：「我去。」
「太好了。一定可以讓妳恢復精神的。」

「那個……請問……可以告訴我你的名字嗎？我還沒有問過你，不知道該怎麼稱呼才好。」

聽她這麼一說我才注意到，確實是這樣。

「啊，不好意思。呃～我叫……」

龜井戶——會有很多問題。

於是……我說出了自己臨時想到的名字。

從公園直走幾十公尺後在一處有號誌的路口轉進去，就能看到我想帶美鶴去的店了。

那是靜靜蓋在住宅區角落的一間小小的磚瓦屋餐廳。

紅色的煙囪，黑夜中浮現橘紅色的溫暖燈光。還沒轉進轉角就能微微聞到香料的香氣，而這個香氣便是路標，讓人就算沒看到招牌也能找到那間店。

燈光打亮的店門旁邊擺有一塊黑板，上面用粉筆寫了「日丸屋　今日推薦餐點【嫩雞秋葵酥皮起司咖哩】【日丸屋特製體力滿點咖哩】【消除夏日的倦怠感！夏季蔬菜滿點咖哩】白飯大碗、特大碗免費！」的字樣。

進入店內就伴隨濃郁的咖哩香氣，可以聽到鈴鐺的聲音。

「——歡迎光臨。兩位嗎？——請坐裡面的座位。」

與古典西洋風格的店內相當搭配的長圍裙服務生來到店門迎接我們後，露出「我明白」的笑臉招待我們到靠裡面的位子。

店裡另外可以看到約四桌客人。也許是柔和的店內音樂使然，即使是晚餐時間大家也都安靜談笑，呈現出平靜的氣氛。

頭頂上是凸顯出高挑天花板的木頭橫梁以及吊扇。設置在店內角落的落地燈亮度恰到好處，還有在餐桌上微微搖曳的蠟燭光。銀色的水瓶，牆上的風景畫，每次來光顧都能讓我感受到其他餐廳看不到的絕妙品味。

車站前的家庭餐廳就沒辦法像這樣了。這間日丸屋可說是隱藏的優質店家，是我中意的餐廳之一，不過老實講我不太會想介紹給別人知道。

要是透過口耳相傳把這家店的存在宣傳出去，總覺得就會失去這個安靜的祕密場所，讓我不敢推薦給別人。

因此自從我找到這間店之後，一直都是自己一個人偷偷來吃。直到和美鶴交往。

「好香。」

我和美鶴以前也來過好幾次。店裡的人似乎也記得我們的長相，把我們當老顧客。通常餐廳應該會詢問是否要坐吸菸區的步驟卻被省略掉了，或許這就是最好的證據。

自從我帶美鶴來吃過後，她就迷上了這裡的味道，每個月都會來吃個一、兩次。既然是她那樣喜歡的日丸屋味道，應該就能療癒她現在疲憊的心吧。

「妳會討厭這樣的店嗎？」

我倒了一杯水給好一段時間都在觀察店內裝潢的美鶴並如此詢問後，她露出有點開心的表情回答：

「我不討厭。甚至應該說，我很喜歡像這樣靜靜的餐廳……」

看來給她的印象不錯。與三年前同樣的反應讓我內心鬆了一口氣。

「看妳要吃什麼吧。」

我把很厚的菜單遞給美鶴，並等待她挑選。

「請問你不看嗎？」

「我已經決定好了。」

「咦？明明這裡餐點這麼多種。」

「就算不看我也知道。」

「你全都記起來了？」

「我把這間店介紹給某個人之後，對方變得比我還要喜歡這間店。所以我已經陪那個人一起來這裡吃過好幾次了。」

因此不只是店裡的氣氛而已，我保證味道妳也會喜歡。我如此說著，翻開餐單的封面給她看。
『帶骨雞奶油咖哩』、『海鮮咖哩蛋包飯』、『絞肉香腸莫札瑞拉起司咖哩焗飯』——日丸屋的菜單每一道餐點都會在標題上帶一點變化。
雖然我並沒有愛吃咖哩到中毒的程度，不過只要看看眼前這位女孩的表情就能知道，這間店對於喜歡咖哩的人來說是有如天堂的地方。
外面黑板上寫的今日推薦餐點也不錯，可是這個也想吃吃看，啊啊，還有這個，可是這個看起來也——像這樣默默地把菜單翻來又翻去好幾遍的她最後究竟會選擇什麼，其實我大致上已經猜到了。
「決定好了嗎？」
我向她進行最終確認後，叫住剛好經過一旁的服務生。
「我要『和風香菇蒟蒻咖哩』，呃～中碗的。」
「請問辣度呢？」
「偏辣。」
「我要『三元豚的炸豬排咖哩』，特大碗，辣度普通。」
服務生接著說了一句「好的，請稍待」並離開後，美鶴把菜單放回桌邊的同時，露出對我點的餐感到很意外的表情。
「居然點特大碗，原來你很能吃嗎？」

「是啊，我經常被人那樣說。」
「你看起來一點都不像很會吃的樣子呀。身材那麼瘦，我反而以為你應該吃很少的。」
她這句教人懷念的發言讓我也不禁有種時光回溯到三年前似的感覺，於是試著提出以前也提過的話題：
「在咖哩裡面加蒟蒻，感覺很少見呢。」
「是呀。不過我自己煮咖哩的時候都會加蒟蒻喔。」
美鶴非常喜歡吃以咖哩的料來說很少見的蒟蒻。
「切成小塊？好吃嗎？」
「很好吃喔！雖然我講這種話大部分的人都會否定，但真的很好吃。不但很健康，而且煮好放一個晚上之後蒟蒻會把咖哩吸進去，那味道跟充滿彈性的口感意外地很搭呢！」
美鶴彷彿是想讓我明白咖哩蒟蒻的好處，像個美食評論家一樣如此說道。
「那我下次也試試看好了。」
「請務必嘗試看看。」
「這家店剛好有蒟蒻咖哩真是太好啦。」
「是呀。讓我感覺這家店真的很懂咖哩呢。」

美鶴說到這邊，為了讓高昂的情緒冷靜下來而喝了一口水後，小聲呢喃了一句：「好久沒講這麼多話了。」
「話說你上次有講過自己家裡有養狗吧？」
「是啊。」
「請問是什麼樣的狗狗呢？」
難得她會主動靠近，讓我頓時開心地亮出自己手機的待機畫面。
「好……好可愛。」
美鶴當場露出心動的表情。
「請問是邊境牧羊犬嗎？」
「經常被人這樣說，但牠其實是雜種。」
就在我這麼說的瞬間，美鶴忽然不開心地嘟起嘴巴。
雖然是理所當然的一件事，不過我不禁覺得：啊，她真的是美鶴。
「請叫牠米克斯犬。『雜種』總讓人覺得……讓人覺得……」
看來她果然不能接受這個詞的樣子。
「是女生嗎？」
「這點也經常被人說，但牠是公狗。」
「這樣呀……好可愛。呵呵！」

「怎麼了嗎？」

「我只是想到，你真的像名字一樣是『犬飼』先生呢。」

美鶴來回看向我與照片，嘻嘻笑了起來。

她雖然應該還沒完全掌握我是個什麼樣的人，不過似乎有稍微放鬆警戒了。跟剛才在公園的時候比起來，她現在的氛圍變得柔和了幾分。

即使對話沒有持續，店內播放的古典樂也讓氣氛不會尷尬。就在她的肚子第二度主張已經到極限的時候，我們點的咖哩來了。

鬆軟的白飯，沾滿咖哩醬的杏鮑菇與鴻禧菇，美鶴喜歡的蒟蒻，瓶裝的福神漬。她將這些全部用湯匙舀起來，享受最初的第一口，從喉嚨隱約發出陶醉的聲音。

「好……好好吃！」

太好了。就算已經吃過好幾次，就算失去記憶，她這個反應依然沒有改變，讓我不禁感到安心。

我們一邊享用著咖哩，一邊隔著只有蠟燭光線的昏暗餐桌小聲談笑。

「我明明住這附近，卻都不曉得有這麼棒的一間店呢。這麼好吃的店，要是我能早點知道就好了。」

「畢竟這裡離車站有點距離，就算是當地人應該也有很多人不知道吧。」

「請問犬飼先生也是這裡人嗎？」
「不……我是不久前才從東京搬過來的。這附近好吃的餐廳比我之前住的地方還多，我到處走走吃吃就偶然發現了這間店。」
「原來如此，是這樣呀。」
「這一帶感覺很適合居住呢。」
「啊，這我也覺得。車站附近就有四間便利商店，也有兩家超市，不愁沒地方買東西。」
「而且搭個公車很快就能到五金百貨。」
「車站附近也有電影院。」
「另外不是只有高樓大廈，也有許多綠樹。這點也很好。」
「……總覺得我和犬飼先生很聊得來呢。」
美鶴「呵呵」地綻放笑容後，又「不是這樣」地責備了自己一下。
「對不起，我道謝說得晚了……犬飼先生應該是想要鼓勵我打起精神吧。還有剛才的面紙也是，真的很謝謝你。而且我很喜歡咖哩，所以現在很開心呢。」
我聽完後搖搖頭。
「不，我才是。我因為想要讓劍城小姐吃吃這裡的咖哩打起精神……結果明明彼此都還不熟就忽然邀妳一起用餐，真的很抱歉。應該有嚇到妳吧？」

「我是有點驚訝，不過現在覺得能一起來真是太好了，讓我知道了這麼好的一間店……該道歉的人其實應該是我。」

美鶴摸摸自己的後腦杓露出黯淡的表情後，又說了一句「對不起」。

「不管上次還是今天，我給人的感覺應該都很差勁吧。其實我不久前撞到頭部，結果忘記了這三年左右的各種事情……老實講，我到現在都還很難相信這種像漫畫情節的事情真的會發生，不過周圍狀況與自己現在的認知之間實在差距太大，而且雖然剛開始還很難體認自己究竟忘記了什麼東西，可是到最近漸漸發現自己失去的寶貴事物比我原本想的還要多……覺得心情怎麼也靜不下來，就變成了那個樣子。」

唉……美鶴嘆出顫抖的氣息。

「不自覺間，我給好多的人添了麻煩。我必須快點，快點把記憶找回來才行——」

她說到這邊，用力抓住自己的後腦杓。

「那個時候的我應該是覺得為了寵物店，我絕對要想想辦法才行。可是到頭來就像我父親還有店長說的，我只是莽撞行動給人添麻煩而已……為什麼我都沒有注意到這種事情，覺得自己好沒出息……！所以我想說至少要快點把記憶回想起來，可是卻怎麼也想不起來。就只有彷彿被周圍的人丟下的心情越來越強烈，變得越來越不知所措……一直失敗……」

光是這段話，就充分讓我知道她一路來累積了許多的苦惱。

「請問妳現在該不會覺得，明明是自己自作自受……？」

美鶴沒有回答。她內心肯定是這麼想的吧。

「那不是什麼莽撞行動，也不是給人添麻煩。我認為劍城小姐做了正確的事情。挺身而出，甚至讓自己受傷，這不是誰都辦得到的事情。我覺得妳很有勇氣很厲害，我非常尊敬妳啊。所以希望劍城小姐也能多給自己一些肯定。」

「不……這才不是什麼厲害的事情。」

「不，就是因為妳的行動，確實有人得救了對吧？沒有否定妳的那些人，就是因為知道這點。在妳的身邊肯定有人知道妳很努力，所以請妳不要那樣自責，不要那樣束縛自己吧。」

我這時發現美鶴的眼眶溼潤，嘴角顫抖。注意到她其實很想哭。

可是她緊握著放在桌上的拳頭，想必是因為身為『他人』的我在面前的緣故。

「想哭的時候，不要勉強自己忍耐比較好喔。我會這樣。」

我遞出一包新的面紙後，轉頭讓美鶴從視野消失。沒過多久，美鶴就被那股要獨自一個人承受也未免太過巨大的感情吞沒，壓抑著聲音哭了出來。

「妳的心情，我也稍微能明白一點。」

等美鶴哭過一陣，呼吸漸漸平靜下來之後，我小聲如此說道。

「很久之前，我也遇過跟劍城小姐一樣的狀況。雖然不是撞到頭，不過我曾經突然失去了幾個禮拜左右的記憶。」

美鶴忽然把臉抬起。

「為什麼？」

「我小時候在河邊溺水，回過神的時候就躺在醫院的病床上了。雖然當時有聽我家人跟醫院醫生講了很多事情，但我完全想不起來自己為什麼會變成那樣。」

不只是事情發生的經過而已，不知為什麼就連那之前幾個禮拜左右的記憶都從我腦袋中消失了。醫生說可能是因為我溺水時體驗到的強烈死亡恐懼，導致我遺忘記憶的。

即使現在長大成人，我腦中那段空白依然沒有被補上。

「請問你還好嗎？」

就算記憶模模糊糊，但那件事情似乎還是在我心底深處刻下了不願被觸碰的心靈創傷，所以每當提起這件事情的時候我身體都會發抖，嚴重時甚至會感到暈眩。

美鶴察覺到我臉色的變化，表情擔心地為我倒了一杯水。

「還好你活著呢。」

「是啊。我真的那樣覺得。」

「原來你發生過那樣的事情。請問失去記憶的時候你很難受嗎？」

「好一段時間我都覺得很困惑，總覺得缺少了什麼東西，擔心自己會不會又忘記。可是一直苦惱下去不論對身體還是心靈都不好，因此雖然只是一點一點、慢慢地，不過我漸漸改變了自己的想法。不是拚命想找回失去的東西，而是去適應習慣現在的環境，最後我就重新站了起來。所以劍城小姐肯定也沒問題的。三年雖然很長，不過相對地線索應該很多才對。不需要太焦急……呃，我會不會講得太親近了？」

「不會。」

對於我盡自己所能提出的建議，美鶴就像要好好收藏似地把手放到胸口上。

「我知道不是只有自己遇到這種事情，稍微安心一點了。」

「很高興有幫上妳一點點忙。」

「謝謝你。犬飼先生很善良呢。」

看到她淚水沾溼的臉露出笑容，從我的臉部中心頓時發燙。

就是這張笑臉。

總算見到自己想看的表情，讓開心的心情湧上我心頭。

「那個……」

「嗯？」

「雖然我上次也問過了，不過……我們果然以前有在哪裡見過面吧？」

美鶴一副似乎對什麼事情感到在意似地如此詢問我。

「為什麼妳會那樣覺得？」

「我很難解釋……但我就是有那樣的感覺。」

或許是因為來到日丸屋這個充滿回憶的場所，讓美鶴漸漸快回想起失去的記憶。

我頓時嚥了一口氣。

究竟該不該在這裡說出來？我腦中浮現出兩張選項卡片。

「是那樣嗎？」

要告知真相是很容易的一件事。但今天她好不容易才稍微露出了笑容，我希望不要讓她抱著不安的心情回去。

「說、說得也是。應該是我搞錯了。真是抱歉，這個奇怪的事情講那麼多次。」

我縮回來後，美鶴就像為了讓心中發燙的期待冷卻下來般，露出苦笑，害臊地抓抓自己的髮梢。

抱歉，美鶴。不過做為補償，我有個東西想給妳。

在透過交談與用餐營造出來的這個氣氛還沒消散之前，我從單肩包中拿出了事前決定今天要交給她的東西。

這是一決勝負的瞬間。

「呃——劍城小姐，如果妳不介意，下次要不要……」

5.

『很不幸地』——今日天氣是全國放晴，溼氣也不高，可說是適合出門的夏日好天氣。

在車站前樹蔭下的一張長椅上，美鶴把綁成辮子的頭髮盤高，身穿充滿文靜感的服裝與涼鞋，不時注意著自己的手錶。

而我則是在距離她幾十公尺遠的便利商店中，站在雜誌區偷望著那樣的她。

這樣的情境，我知道。

我有自覺，自己的行為看起來非常可疑。

但是就只有今天，就只有今天我必須這麼做才行。

回溯到一個禮拜前——

「下次在池袋有一場『世界多肉植物展』，如果妳不介意，請問要不要跟我……」

在日丸屋與美鶴度過的那個晚上。

我最後拿出一張事先就決定要給她看的宣傳單。

那是在美鶴失去記憶之前有說過想要去看的展示會。

為了現在精神沮喪的美鶴，我希望能帶她去，讓她開心一下。

「請問要不要跟我一起去呢？」

第一次邀美鶴去約會時的強烈緊張感又竄遍我全身。

美鶴低頭看向我遞出的宣傳單，驚訝得張開嘴巴——可是……

「對不起。我很高興你的邀約，不過……」

她含糊其辭後，從自己的包包拿出同樣一張宣傳單給我看。

「其實剛才我職場的同事們有約我下禮拜天一起去，然後我已經答應了。」

出乎預料的回答讓我當場愣住，發燙的臉很快又降溫下來。

「是、是嗎，原來是這樣。真可惜……」

或許是店裡的女同事們想要讓美鶴打起精神而邀她的吧。既然是這樣就沒辦法了。比起現在的我，她跟自己熟悉的對象一起去應該會比較安心，也比較能盡興。我當時是這麼想的。

然而平常沒什麼第六感的我這次卻不知為何有種不好的預感，於是和美鶴道別之後我就向商量對象的貓村小姐確認了一下。結果……

「咦咦！我根本沒聽說那種事情呀。下個禮拜天休息的人只有鴯原先生、美鶴學姊跟我而已，其他人幾乎都要上班喔？」我得到的卻是貓村小姐這樣的回答。

而她似乎跟我一樣感覺事有蹊蹺，於是後來進行調查的結果……

上次從困境中拯救了美鶴的那位男性店員——鴯原先生竟假裝是要跟店裡的大家一起去，但實際上是企圖和美鶴兩人約會。

這對我來說實在是無法忽視，可謂晴天霹靂的報告。

幾分鐘後，在意著時間的美鶴忽然抬起頭並且從椅子上起身，微微點頭打招呼。

在她視線前方——正是身為美鶴公司前輩的鴯原先生。

雖然我和那個人幾乎沒有講過話，但我之所以會記得他，很大的原因在於那端正亮麗的容貌。

長長的睫毛，大大的眼睛，粗眉，高鼻，標致的輪廓，寬長的肩膀，有如模特兒的高眺身材，用髮蠟抓出的清爽髮型。帥哥的要素幾乎全都具備。

就連身為男性的我看他都會覺得很帥氣，對女性來說肯定是會心跳不已吧。

那樣的帥哥鵜原先生似乎說了一句「讓妳久等了嗎？」之類的話，接著便立刻打算帶美鶴走向車站。

美鶴疑惑歪頭，大概是說了「可是大家還沒來」之類的話。可是鵜原先生卻一點也不慌張地湊到美鶴耳邊講悄悄話，可能是自己招供了謊言吧。美鶴立刻露出錯愕的表情抬頭看向他。

就在美鶴全身僵住的時候，鵜原先生繞到她旁邊。下個瞬間——竟若無其事地牽起了美鶴的手。

隨著有如全身血液凍僵粉碎似的衝擊直擊腦袋，我聽到雜誌從手中掉落到地板的聲音。

我本來有預想美鶴可能會生氣地說「你不是說大家會一起來嗎！既然是只有兩個人的約會我就不去了！」之類的話，但也許是因為上次被對方拯救過的緣故讓她沒辦法擺出強勢的態度。結果看起來還沒辦法掌握現況的美鶴就這樣被對方說服，拉著手走向車站了。

美鶴的個性非常怕羞，就連我以前剛開始交往的時候有好一陣子連手都沒牽過……

行動才剛開始就撞見如此誇張的一幕，讓我驚訝得愣在原地。

就在這時，忽然有個人毫不留情地在我眼前大聲拍手，將我拉回現實。

我嚇得把視線往下一看，便見到一名嬌小的中學生……不對，是身穿便服的貓村小姐站在那裡。

「呃！貓村小姐……？為什麼妳會在這裡？」

「有話等一下再說，總之我們快走吧。」

「咦咦？」

「什麼叫『咦咦』啦，就是去坐電車啦！要是沒搭上就會跟丟了！」

我被貓村小姐拉進車站後，看到那兩人坐進了剛好進到月臺的十節電車。為了不要跟丟，但又不能被他們發現，於是我們坐進了隔壁的車廂。

看來貓村小姐也在擔心今天那兩人的約會，再加上她猜到我不可能坐視不管的樣子。於是她來到會合場所的車站前果然就在便利商店的雜誌區發現全身變白的我，而跟我接觸了。

準備周到的她從包包中拿出一副鏡框較大的假眼鏡，然後也借給我一頂黑色的帽子進行偽裝。

我把帽子深深戴到遮住眼睛的程度，並伸長脖子觀察隔壁車廂的狀況。

那兩人坐在座位上，似乎聊得很愉快的樣子。但不知是不是我的錯覺，總覺得鵜原先生面向美鶴的臉距離異常地靠近。

每當電車轉彎搖晃的時候，我都擔心那兩人的臉會不會貼在一起，一路上著急不已。

「鵜原先生那個人……到底在想什麼？為什麼會對美鶴做這種事？」

「那還用說嗎？當然就是因為他用『那種』眼光在看美鶴學姊呀。」

貓村小姐對抓著吊環皺起眉頭的我如此斬釘截鐵地說道。

「那種眼光？」

「呃！你聽不懂嗎！就是想把美鶴學姊追到手呀！」

「騙、騙人的吧？」

拜託饒了我吧。如果對手是那種有如魅力集合體的人物，我根本就沒有勝算啊。

「請問你是在懦弱什麼呀！龜井戶先生是男朋友不是嗎！」

貓村小姐倒是相當強勢。

「鵜原先生雖然工作上很能幹，又是個超級帥哥！但我聽說他出手很快呀！」

出、出手很快——！

「而且女性關係也很不檢點！」

女、女性關係不檢點——！

在上次那件事情中保護了美鶴，讓我對他留下尊重女性的美男子印象立刻被改寫成一名危險人物了。

聽貓村小姐這樣一講，我發現鵜原先生確實給人一種對異性處理很熟練的感覺。像那樣表現出從容不迫的態度，又散發出什麼都能辦到的氛圍，被追求的女性肯定一下就會落入情網吧。

「請你聽好喔，今天我們這樣跟蹤他們，是為了保護學姊的安全。鵜原先生搞不好在約會最後會帶學姊到奇怪的地方去。」

「什、什麼奇怪的地方？」

「你不懂嗎？就是像旅館之類的場所呀。」

聽到她在我耳邊悄聲如此說道，我頓時全身豎起雞皮疙瘩。這已經超出我心臟的負荷啦。

「假設喔，假設！萬一真的變成那種狀況，我會假裝剛好路過然後妨礙他，龜井戶先生則是首先要讓自己冷靜下來。絕對不可以忽然現身介入喔！」

面對露出可靠的表情向我說明計畫的貓村小姐，我擦拭著不是因為炎熱卻流出來的汗水，好不容易才點頭回應了。

電車行駛了二十分鐘左右來到了池袋車站。

不愧是暑假期間，不論車站前、路口或太陽城大道都是人潮。身穿清涼白色連身裙的女性，擦拭汗水的上班族，中學生與高中生的男男女女們。綠燈一亮便紛紛開始移動。

人山人海、高樓大廈、耀眼的太陽、此起彼落的蟬聲。在轉為綠燈後朝著同一個方向流動的人群中，鵜原先生緊握著美鶴的手，有時還把她拉近自己身邊，為美鶴帶路。

『世界多肉植物展』是在一棟複合式商業大樓中舉辦，用隔板區隔成幾個區塊讓參觀者依序觀賞，展覽設計比我預想的還要單純得多。來場的客人也不算很多，大部分都是女性，而男性的人數連女性的一半都不到。另外隨處可以見到攜家帶眷的參觀客。

牆上貼有稀有種或新種多肉植物的照片，模仿沙漠的區塊地板鋪有白色的沙子，沿參觀路徑擺設的高挑仙人掌或巨大仙人掌讓人可以從近處觀察或觸摸，服務臺旁邊也設置有拍攝紀念照片的地方。然而從展示大廳走出來的客人們表情看起來都不太有感到滿足的印象。

入場費一千八百元卻只有那樣的內容，感覺有點划不來。

美鶴似乎也這麼覺得的樣子，原本入場時還開開心心的，但幾十分鐘後走出來的她就跟其他客人一樣，笑容底下難掩失望的心情。

唯一還算充實的，大概就是出口旁邊的紀念品販賣區了吧。

從仙人掌肥皂或仙人掌美容液之類的美容產品，到仙人掌冰淇淋、手機吊飾、轉蛋、栽培工具組等等，莫名強調仙人掌的商品賣場中最熱鬧的一區，就是位於角落的多肉植物販賣區了。

客人可以像自助式點心吧一樣從各種手掌心大小的可愛幼苗中自行挑選，照自己的喜好拿起來放到托盤上，然後從幾種盆栽中選擇自己喜歡的樣式，在結帳的同時請人把幼苗植進盆栽，種出一盆只屬於自己的多肉植物盆栽。

這樣特殊的販售方式相當吸引女性與小孩子們的注意，使出口附近都是想要挑選盆栽的客人，甚至還要排隊。

美鶴不出所料地也被那情景吸引的樣子，不斷伸長脖子偷瞄隊伍的最後。

畢竟她就是很喜歡那種自己發揮創意的企劃嘛。

然而排隊人龍幾乎快要延伸到入口的地方，而且又行進緩慢。美鶴應該很想排隊，可是現在身邊有鷗原先生，不好意思讓對方跟著自己去排那麼長的隊伍。所以她才會只用眼睛看而已。

如果是我在身邊，就不會讓她在意那種事情，會直接牽著她一起去排隊地說。

正當我這麼想的時候，鵜原先生忽然把手繞到美鶴的腰上。

今日第二度的衝擊。

不只牽手而已，居然還做出那麼大膽的行為。

我太大意了，差點就把仙人掌果汁噴了出來。

「呃，鵜原先生！」

「來來來，要是不快點去排隊，就挑不到自己喜歡的囉。」

「不、不用啦，隊伍那麼長，而且我會挑很久。」

「沒關係，沒關係，既然都難得來了，這點時間我不會在意啦。妳就盡情去挑選決定，反正我也想看看啊。」

鵜原先生不放開手，有點強硬地把美鶴帶到隊伍最後面。

紅著臉害羞至極地別開視線的美鶴，以及表情若無其事地摟著她腰部的鵜原先生。看在旁人眼中根本就是一對情侶了。

「龜井戶先生，你那樣對每件事情都做出反應可是會沒完沒了的喔。那就是平常的鵜原先生呀！」

就算貓村小姐這樣說，但我還是很擔心到這場約會結束前我的心臟撐不撐得住啊……

後來又過了一個小時，那兩人才離開了展示場。

但想當然地並沒有就此解散。在鴉原先生的提議下，他們又到太陽城60上的空中餐廳享用稍遲的午餐。

而還是老樣子像間諜或是忍者一樣，行動笨拙地尾隨在後的我們也就這樣潛入餐廳中。選了一個距離上勉強可以聽到那兩人對話，不過有柱子和觀葉植物擋住的位子上，終於可以休息一下了。

買到了多肉植物的盆栽卻連沉浸在滿足感的時間都沒有，幾十分鐘後來到了距離地面五十層樓以上的空中餐廳，坐到視野最好的窗邊座位，眼前又是帥氣的職場前輩。美鶴臉上帶著從約會開始就一直沒變的緊張表情，用叉子捲著肉醬義大利麵。

「這裡望出去的景色很漂亮吧。看，那裡有間學校。仔細看就能看到有人在動，在踢足球吧？好小啊。」

「咦？啊！是呀。」

鴉原先生雖然伸手指著窗外，但美鶴根本沒餘力注意那種事情。

「妳還好嗎？該不會是有懼高症吧？」

「不，我喜歡高的地方。」

美鶴錯失把麵放進嘴巴的時機，又繼續捲著麵條。鴉原先生則是對那樣的她露出微笑，用刀子切開千層麵。

「呵呵，妳還在緊張嗎？身體縮成那樣子，簡直像剛進店裡的小貓咪呢。」

「對不起……我記憶中沒有這樣的經驗。」

「我們好歹也認識了很長一段時間的說，妳的反應真的就跟三年前一樣。」

「我從剛才就一直畏畏縮縮的，應該讓人很不舒服吧。」

「才不會，我只是覺得劍城小姐真可愛啊。」

居然那麼輕鬆就能講出這樣的甜言蜜語。

透過柱子與觀葉植物間的縫隙窺視著那兩人的貓村小姐注意到我的表情，露出憋笑的樣子。

「龜井戶先生真的很喜歡美鶴學姊呢，從剛才就一直做出很有趣的反應，嘻嘻！」

「妳這樣笑我我會受傷啊。」

「因為你老是會把心情寫在臉上，看著就很有趣呀。明明你平常給人的感覺像個冷靜的菁英分子，現在卻表現得那麼拚命。」

被外觀看起來比實際年齡還要小的貓村小姐說了一句「真可愛」，讓我頓時沮喪垂頭。

「總之我們也要點些什麼才行。餐費全部由我出，貓村小姐就別客氣，點自己想吃的東西吧。真不好意思喔，浪費了妳一天的休假。」

「請不用在意，我只是自己跟過來的而已。而且我上次也說過會為兩位加油呀，請再多依賴我一些吧。」

她對於我和美鶴這樣天真無邪的好意，老實講讓我感到很高興。

「美鶴有個像貓村小姐這樣的好學妹，真的是太好了。」

聽到我這麼說，貓村小姐便「嘿嘿」地露出有點孩子氣的笑容，伸手端起剛上桌的果汁喝了一口。

用完餐後，點心上桌的那兩人又開始聊起別的話題。

「偶爾來這種地方也不錯吧。畢竟劍城小姐最近都沒什麼精神，所以我想說可以讓妳開心一下。」

「謝謝你。不只是多肉植物展而已，還陪我用餐。」

「不用客氣啦。只要妳能恢復精神就好。」

「鵜原先生那麼溫柔又工作能幹，你女朋友肯定非常幸福吧。」

「嗯？我現在單身喔。」

「是這樣嗎？真教人意外。」

「話說劍城小姐呢？現在有和誰在交往嗎？」

對方這樣唐突的提問讓美鶴沉默了一下後，有點困惑地回答：

「我想，應該是沒有。不過有個人，讓我有點在意……」

「有點在意？」

「我最近才剛認識那個人，不過對方對我非常好。甚至讓我不太明白才剛認識而已為什麼要對我這麼好的程度。」

「是妳之前提過那個跑來醫院的怪人嗎？」

鵜原先生的表情一瞬間變得嚴肅。

「不是的。一開始我也覺得看起來有點像，但不是那個人。」

「那就好。」

「對方雖然說以前沒有跟我見過面，可是我總覺得自己從很久以前就知道那個人……莫名有種不會陌生的感覺。」

「這樣啊～原來還有這種事情。真不可思議。」

「是的。」

「不過我覺得妳還是不要對那個人太過放鬆戒心、太過親近會比較好喔。」

鵜原先生一句話把陷入沉思的美鶴拉回現實。

「對不起喔，因為劍城小姐的個性太好了。這種話其實我不是很想說，但搞不好那個人是知道劍城小姐現在的狀態，然後企圖要加以利用。我覺得妳最好把這樣的可能性也放在心中。」

就算這句話是為了美鶴著想的發言，也讓我感到難以接受。

雖然偷聽別人講話還生氣很沒有道理，但我還是在心中氣憤得咬牙切齒，大喊絕沒有那種事情。

「是這樣嗎？我覺得對方看起來不是那樣的壞人呀。」

這時美鶴第一次對鵜原先生表示了否定意見。

「對方願意傾聽我的煩惱，為了讓我提起精神還很親切地為我做了很多事。」

「世界上也有人會靠著表面上的親切態度輕易隱藏內心的惡意。雖然我講的這些都只是猜測，但畢竟劍城小姐還年輕，而且現在記憶又很模糊。比起那個人，妳最好還是依靠我們這些妳確實記得的對象，有什麼事情感到在意就馬上找我們商量喔。我們都會幫助劍城小姐的。」

鵜原先生如此做出總結後，本來似乎還想說些什麼的美鶴也只能應一聲「好的」並點點頭了。

那兩人接著偶爾望向窗外的景色，聊聊職場或學生時代的話題。

後來也都沒發生原本我們擔心的事情，兩人只是到電玩中心或咖啡廳等等地方後，就從池袋坐上了回程的電車。

「還好什麼事情都沒發生呢。」

「真的是太好啦……」
因為貓村小姐途中還說出「要是學姊就這樣被灌酒然後帶進賓館街，就完全ＯＵＴ啦」這種烏鴉嘴的發言，老實講我一路上都緊張得要命。
不過照美鶴的個性，就算鵜原先生真的有什麼行動，她也應該不會簡單落入這麼不縝密的陷阱裡才對。
不管怎麼說，至少我一整天心中擔心的最糟狀況終究只是杞人憂天，那種想法終於能從腦中揮散掉了。
走出驗票口之後，我便對於今天的事情向貓村小姐道了個謝，準備解散。因為我們以為走在前方的那兩人也要在這裡解散了。
「劍城小姐，可以再耽誤妳一點時間嗎？」
然而鵜原先生卻忽然把準備走向西出口的美鶴叫住，在她耳邊講了什麼悄悄話之後，那兩人就不知為何一起走出了東出口。
——怎麼回事……？
於是我和貓村小姐又再度開始尾隨走出車站的那兩人。
最後他們來到的地方，正是以前美鶴獨自哭泣的那座沒什麼路燈的公園。
「請問你想說什麼呢？」

美鶴坐在長椅上，收下鶴原先生從自動販賣機買來的罐裝咖啡並如此詢問。

鶴原先生坐在她旁邊靜靜抽了一根菸，從剛才就不太講話。

我和貓村小姐則是躲在長椅後面的草叢，屏氣凝神靜觀事態。

這奇妙的氣氛、異常的寂靜，究竟是怎麼回事？

「鶴原先生該不會……」蹲在我旁邊的貓村小姐表情嚴肅地如此呢喃。就在我感到在意而想問她那是什麼意思的時候，一直保持沉默的鶴原先生把菸蒂丟進攜帶式菸灰缸並開口說道：

「妳果然還是沒想起來啊。」

「咦？」

「我本來想說妳或許可以想起來也說不定……但這也是沒辦法的事情吧。」

「請問你在說什麼？」

美鶴疑惑歪頭後，鶴原先生忽然把他們之間原本有一人份的距離縮短，並且把美鶴的肩膀也拉近自己。

「呃。」

「對不起。這種事情要是講出來，我想劍城小姐應該會很困惑。我提醒自己好幾次，不可以說出來……可是，沒辦法……我已經忍耐到極限了。」

這個人到底想幹什麼——

「劍城小姐，妳聽了不要驚訝。其實在妳被捲入那起事件之前，我有向妳告白過……說我喜歡妳。」

我想比起美鶴的側臉，恐怕我的表情還更僵硬。

「也許妳無法相信，但這是真的。在妳遺忘的這三年間，我一直都喜歡著妳。別看我這樣，其實我這個人對戀愛很笨拙，老是說不出口。但是在那起事件發生前一個禮拜，我向妳表達了我的心意，然後——妳當時也接受了我的告白。」

「不、那個、怎麼會……請問……是真的嗎？」

「妳一定感到很混亂吧。我有自覺，我這是在強迫妳接受事實。但就算妳沒有那個意思，我……現在依然喜歡著妳……現實真是太殘酷了，我好不容易才讓妳接受了我的心意。那天我一直在外面等妳工作結束。當時因為我沒注意到發生什麼事而沒能立刻趕到妳身邊，後來又聽說妳遺忘了所有事情，讓我太過錯愕得沒辦法馬上去見妳……真抱歉。」

不對。這些全都是胡扯，沒有一句是真話。

這個人竟然一臉若無其事地在撒謊。

他在欺騙美鶴，想誘導美鶴往錯誤的方向走——

彷彿全身沸騰的不悅心情讓我差點站起身子。

美鶴大概是感到混亂的緣故，始終張著嘴巴。

她不可能馬上就相信對方。但她搞不好會覺得是因為自己喪失了記憶，害眼前這個人受了傷。

「對不起……我……」

「不，妳不用道歉。該道歉的人是我。我只顧著自己的想法，忽然告訴妳這種難以接受的事情。真是個差勁的男人。」

鴗原先生苦笑一下後，又再度把美鶴的身體拉近自己。

「不過沒關係。沒有必要執著於那三年的記憶。妳不用拚命讓自己回想起來。」

「咦！」

「但是希望妳至少原諒我這麼做。」

罐裝咖啡掉落到地上，把咖啡灑了出來。

鴗原先生與美鶴的臉互相接近，幾乎要疊在一起。

無論美鶴還是我們，都完全理解了那個行動的意義。

貓村小姐發出著急的聲音站起身子——之前，我就從草叢後面跳了出來。

「住手——！」

我這彷彿要撞破整個空間的怒吼聲，讓那兩人停下了動作。

就在我一邊被草叢絆著腳，一邊呼吸急促地來到長椅前面時，美鶴因為出乎預料的第三者登場而愣住了。

「……犬飼先生。」

「你這是、在做什麼事情！」

但我沒有看向美鶴，而是狠狠瞪著胡說八道欺騙對方，甚至還沒得到對方同意就做出輕率行動的人物。

「你到底想做什麼！居然對我的——」

「我的？我的什麼？」

我大叫到一半住嘴並緊握起拳頭後，鵜原先生便露出冷笑站起身子，走到我面前。

「她並不是屬於你的東西吧？你到底是誰？」

我頓時全身發抖。怒氣讓我沒辦法恢復冷靜。

「哦哦，我想起來了。你是經常到我們店裡來的那個人啊。那個即使劍城小姐感到討厭也一直對她糾纏不休的人。」

相對於語氣激動的我，鵜原先生倒是還以一臉從容不迫的表情。

「你這表情似乎在否認是吧？可是像今天你也一直在拚命偷窺我們兩人不

是嗎？那不叫跟蹤狂要叫什麼？」

「請問那是什麼意思？」

美鶴的視線頓時望向我。

但我沒辦法巧妙回答，只能咬牙切齒。

「你可以不要再利用美鶴對你的信賴繼續擾亂她了嗎……就算你靠謊言得到她的注意，對她一點也沒有好處。」

「講得也真難聽。我只是想要在一旁扶持劍城小姐而已啊。而且在說謊的人應該是你吧。不但闖到醫院糾纏她，後來又裝成不同的人，故作親切地想要接近失去記憶的劍城小姐。」

被對方用鼻子哼笑了一聲，讓我的怒火又噴發出來。

「不對……我是——！」

大叫到一半後，我發現自己終究是束手無策，只能低聲呻吟。

接著——我一把抓住無法動彈的美鶴，拉著她的手臂將她帶離現場。

「等、等一下！」

我們離公園越來越遠。途中雖然有聽到貓村小姐的聲音，但我已經不回頭了。

「剛才那是貓村小姐嗎!?」

美鶴開口要求說明。

「請問這到底是怎麼回事？貓村小姐也在一起嗎？等等，請你放開我！犬飼先生──」

困惑的心情漸漸轉變為恐懼，讓美鶴拚命想要掙脫我的手。

「請問你到底想帶我去哪裡──放開我……不要！」

即使聽到美鶴叫著「我手臂很痛呀」，我也沒有停下腳步，只是不斷地、不斷地──沿著鐵道旁昏暗的道路往前進。

「請你不要這樣！」

已經不知是第幾次的拒絕聲音。美鶴把我的手臂用力一扭，我們沾滿汗水的手才總算鬆開了。

手臂接觸到空氣的瞬間，我原本發燙的腦袋也有如被潑了一桶冷水般一口氣冷卻下來。

當我轉回身子，美鶴便立刻與我拉開距離。

兩個人都呼吸急促，互相凝視了好一段時間。我全身是汗，美鶴原本盤起來的頭髮也變得凌亂。

一班電車從我背後駛來，溫熱的風讓她的裙襬激烈擺盪。

「眼鏡……請你把眼鏡拿下來。」

在她嚴厲的眼神注視下，我只能乖乖拿下眼鏡。

「你果然…………是那時候、在醫院的……」

美鶴看到我的臉，露出驚嚇的表情僵在原地。

「請問這到底是怎麼回事？鵜原先生剛才說你一直在偷窺我們……請問是真的嗎？」

對方要求老實回答的視線讓我無法逃避，只能乖乖承認了。

「對不起……」

「原來你從一開始就一直在說謊嗎？甚至連名字都在騙我。」

「那是……」

即使我別開視線，握起拳頭，也無法回應她要求的說明。

「上次一起去用餐的時候，我還覺得你是個願意親切聽我說話，非常溫柔、非常善良的人呀。可是為什麼——」

美鶴掙脫我的手時，落到地上的紙袋中掉出裝有盆栽的盒子。她蹲下身子把那盒子撿起來的同時，用悲傷的眼神說道：

「我已經……什麼都搞不懂了。究竟什麼才是真的。鵜原先生說了那種事情，而你也說我們在交往……為什麼？明明在這種時候才更應該想起來的……！」

大概是因為自己無法判斷真偽，一路累積下來的心理壓力引起頭痛的關係，美鶴這時痛苦地扭曲表情，用手壓著自己的太陽穴。

「拜託你。可以請你告訴我真正的事情嗎？那天你在醫院對我說過的事情，也都是騙人的嗎？如果那是真的，就請你明確告訴我是真的。如果不是就說不是，請老實告訴我。」

各種感情互相交疊，幾乎快要哭出來的美鶴如此大聲主張。

「請你告訴我，你究竟是誰！拜託你，請你現在就在這邊跟我說清楚……！」

美鶴的聲音響亮到甚至在四周迴盪，肩膀激烈地上下喘息。面對那樣的她，我到底露出了多麼無可救藥的眼神？

「……！……」

我一直沒有告訴她真相，全都是我來自不希望自己傷害到她的自私想法。打從一開始我就有這樣的自覺了。

無論是我還是她──都已經到極限了。我明明很清楚這點，可是……

「…………不行。」

到那天以前美鶴對我露出的笑臉忽然閃過我腦海，讓我又再度無法回應她尋求的答案。

美鶴現在臉色蒼白，額頭上滿是汗珠，感覺隨時都有可能倒下去。要是我在這裡把全部的事情都告訴她，會發生什麼事——

要是對她早已超出負荷的心靈又進一步給予衝擊，搞不好就會像氣球爆炸一樣，在她心中會有什麼東西當場破裂。

只要這樣一想，我就感到無比害怕。

「……我沒辦法告訴現在的妳。」

「請問那是什麼意思？」

「……」

「連這點也不能告訴我嗎……」

平交道的警告聲響彷彿在催促著思考該如何巧妙解釋的我。美鶴看著那樣的我，最後放棄繼續追問了。

「既然你不能講，可以請你到此為止嗎？我也不想再對你說出過分的話了。我不想再繼續苦惱。對不起……請你不要再繼續下去了——」

她對我如此說道並轉身背對我，朝紅色的警告聲響傳來的方向踏出腳步。

不久後，一班列車從我正面駛來。在激烈的行駛聲與強風迎面撲來之前，我雖然喚了一聲她的名字，但美鶴始終沒有回頭——離開了現場。

直到最後，我都沒辦法追上那漸行漸遠的背影。

6.

我想，那應該就叫一見鍾情吧。

從以前就對戀愛方面很生疏的我，一直以來都不敢主動去接觸周圍人們理所當然在享受的所謂「戀愛」這種東西，就這樣匆匆忙忙似地結束了學生時代。

哎呀，沒必要緊張。只要出了社會，就算是這樣的我也總有一天……我當時雖然抱著這樣的想法，但等到真的開始工作之後不但職場中幾乎沒有異性，而且每天都忙於工作，我才明白社會人士的邂逅是距離自己如此遙遠的東西。

也因此，我曾有一段時期非常焦慮。雖然常聽人說男人就算過了三十，只要想找還是可以找到對象，而且最近也有透過網路認識的情侶之類的，但我並沒有那種盡情享受單身生活的想法，即使對戀愛生疏也不是完全沒有興趣。而就在三年前，我開始想積極嘗試戀愛看看了。

然而我實在沒勇氣找人搭訕或參加聯誼，於是對我感到同情的兒時玩伴便介紹了一位女孩子給我認識。

「如果你在意，就自己親眼去看看對方吧。」在兒時玩伴這樣的建議下，我假裝成客人進入一間五金百貨，然後──發現了那位女孩。

我一開始只是覺得她抬頭挺胸，是個姿勢很漂亮的女性。沒想到從正面看到的臉蛋完全符合我的喜好，一瞬間就射穿了我的心。

有如一道閃電從頭頂灌下來的衝擊，讓我變得怎麼也無法移開視線。

明明是女性卻不使用推車，抱著看起來很重的箱子或袋裝寵物飼料在賣場內勤奮工作。待客態度也很親切，總是面帶笑容。掃除方面感覺也比其他店員們率先行動，而且動作迅速。不會讓人感受到單純只是為了接待客人用的虛假感覺，始終全身散發出努力的態度。外表文靜卻行動活躍的印象並不差，甚至可以說讓人很有好感。

然後她抱起小狗，溫柔撫摸並露出笑容的側臉當場讓我心臟一縮──這是我有生以來第一次的感受。

──我喜歡她──

雖然講起來害羞，不過我的直覺就是這麼主張。
現在仔細回想，我喜歡上那女孩的理由其實也就這麼單純而已。

遠處不斷傳來蟬鳴聲，近處則是我的手機在響著。
沒有插到充電器上而隨便丟在地板上的手機，以固定的間隔不斷反覆已經聽慣的旋律與微幅的震動。萊斯一副在抱怨『你快點接電話行不行？』似的，用牠溼溼的鼻頭磨著沉在被窩裡的我的腳。
但我卻為了逃避那聲音把身體縮成一團，鑽進棉被更深處。
從那場騷動之後差不多要經過一週了。
貓村小姐因為在意我的狀況，後來打了幾通電話給我。
她雖然提議要代替我去說明真正的情況，不過我制止了她。
就算假設透過貓村小姐的介入讓美鶴願意相信我至今的行動，我與她之間產生的鴻溝恐怕也無法再填補了。如果變成那樣，美鶴還會慶幸知道真相嗎？
那天晚上她痛苦的表情又浮現在我腦海。
我一直害她留下了許多討厭的回憶。或許就這樣不要讓她知道真相，不要再跟她見面，對現在的她來說是比較好的吧。

七月已經過去，不知不覺間進入了八月。

這麼說來……夏天前我們曾約好要一起去海邊啊。

美鶴說過她買了新的泳裝，不知道是什麼樣子的。有點想看看呢。

之前說要一起玩的那款隔了兩年的遊戲新作，現在已經發售了。

抱歉，陽臺那些妳疼愛的多肉植物，因為我不知道該澆多少水才好，有一株已經枯掉了。

以前說過想看的歌舞伎跟演奏會，早知道會這樣就應該快點去看看了。

一直以來，我到底在做什麼……

嘴上說什麼不想讓她痛苦，到頭來卻是一點都…………

在有如洞窟般黑暗的棉被中動也不動的我，不自覺間湧上腦袋的都是關於她的事情，以及揮也揮不散的後悔。

三年來，我一副理所當然樣子地消費著每一天。雖然因為兩人有工作，偶爾會連續幾天沒辦法見面，不過像那種時候我們也會互通電話，醞釀對下次見面的期待。因此一直以來，我從沒有任何一瞬間感到過痛苦。

無論能否見到面，無論想著她的任何時間，對我來說都是很舒服的事情。

然而現在的我過的卻是乾燥乏味的每一天，不管做什麼都無法投入，沒有感情起伏，湧不起幹勁。

美鶴的個性上也有容易怕寂寞的一面，而我曾自詡是負責溫柔接納她的人物。然而這次的事情讓我完全明白，我充其量只不過是個一旦她不在身邊就會變得很沒用的窩囊。

就在我模糊的腦袋想著這些事情的時候，手機依然持續響著。

仔細想想，好像從一個小時之前就是這樣的狀況。

這下就連我也感到在意起來了。畢竟也有可能是公司打來的電話。萬一真的是那樣就很糟糕了。

於是我總算下定決心爬出被窩，伸手抓起那個持續主張自己存在的玩意，結果看到一整串的未接來電當場慌了起來。

不是公司打來的。但是同一個名字占滿整個手機畫面，怎麼滑都滑不到底。

到底發生什麼事……總、總之先回個電話吧。正當我這麼想的時候，萊斯忽然抬起頭吠了一聲，然後直衝到家門前。

叩叩……喀喀……喀喀喀喀——

細跟高跟鞋敲在地板上的聲音從公寓的公用玄關漸漸接近，在我家門前停下來，接著便傳來粗暴的連續按鈴聲。

我趕緊奔向玄關，轉開門把。

站在門外的人物有著一頭粉紅玫瑰色、長達腰際的捲髮，塗了豔麗紅色口紅的雙脣，以及用眼影與眼線彩妝的大眼睛。身上穿著我個人是不太明白的夏季最新款服飾，腳下是高到不行的細跟鞋。體態細瘦，然而身材出眾——如此存在感強烈的超級美人背對著鮮明的黃昏景色，用險惡的表情睥睨打開家門的我……

「喂，渾蛋。你很有種嘛，竟敢不接我的電話。」

開口第一句就如此臭罵。

「兔……」

「你到底是在做什麼啦？」

「不，我才要問你為什麼……」

我如此回應後，這桃紅色美人便露出更凶的表情，一把揪住我的衣襟。

「什麼叫為什麼？你給我說明清楚喔。現在到底是怎麼回事！」

對方如此說著，鬆開圍在自己頸部的絲巾。因此露出來的喉頭上，可以看到與那身華麗的外表格格不入的喉結。

萊斯用鼻子嗚叫著，開心地湊過來玩鬧。我則是在慌張不知所措的狀態下不斷咳嗽。那名美人大概是因此感到不耐煩，又再度用尖銳的聲音大叫：

「我在問你——你們到底是吵了多嚴重的架啦！」

聽到這句話，我立刻回過神來。

我當場明白眼前這位來訪者為什麼會出現在這裡了。

突然現身在我面前的這位角色扮演風格的美人，名叫兔塚雪之丞。

雖然從外觀與言行上非常容易讓人誤會，不管怎麼看都是個美型大姊，然而很遺憾的是她——不對，「他」在生物學上毫無疑問是個男人。也就是社會上一般稱為『人妖』的那類人。

只要閉著嘴甚至就能完美詐欺性別的這位高水準人妖與我之間的關係，是從小一直到高中時代的同學，或者說兒時玩伴，同時也和美鶴是專科學校的小組夥伴。換言之，他是我和美鶴共通的摯友，也是讓我們兩人能夠認識的人物。

如果兔（叫他雪之丞他會生氣）當初沒有介紹美鶴給我認識，我們恐怕別說是交往了，連相遇邂逅的機會都沒有吧。

我自然是不用說，美鶴也同樣對他由衷信賴。我猜自從我們開始交往之後，美鶴針對有關我的事情認真商量過的對象，大概也只有兔了。

兔的個性直爽，也很會關照別人，總會關心並支持我和美鶴之間的事情。

而他今天登門拜訪的理由果然就是跟之前那件事情有關的樣子。有如當成自己家一樣把冰箱裡的礦泉水拿出來喝光的兔，接著就把自己看到的事情全部告訴了我。

「我和美鶴原本約好兩個禮拜前要一起去澀谷吃鬆餅，可是某天之後她忽然變得都不跟我聯絡，寄信跟電話都不通。我覺得很奇怪呀，所以就跑到她的店去看看了。結果美鶴好端端地在那裡，我就問她怎麼都不跟我聯絡，她便不斷跟我道歉。不過哎呀，這不是重點。」

奇怪的是在後面。陪著萊斯玩鬧的兔如此說著，露出嚴肅的表情。

「我問她和龜仔過得怎麼樣，她竟然回我『什麼過得怎樣？』這種話。」

我頓時心臟一跳，把臉別開。

而兔也沒有放過我這樣的反應。

「果然是發生了什麼事情吧？」

「……」

「因為那孩子真的很奇怪嘛。我一開始還想說可能是你們吵架了，可是不管我怎麼問關於你的事情，她都只會說不認識、不知道什麼的……那反應簡直就像——她把你的事情徹底忘光光了一樣。」

「呃……」

一股不好的預感湧上我的心頭。

「而且她看起來不像在開玩笑，可是又讓人搞不懂到底怎麼回事。我還以為她是被天氣熱昏頭了，所以——」

「兔，你該不會……跟美鶴講了？」

「要說是『講』嘛……」

面對戰戰兢兢詢問的我，兔操作了一下手機，把畫面亮到我眼前。

「我把這個給她『看』了。」

他亮給我看的，是按一下就會開始播放的影片待機畫面。

那是上個月拍攝的、長度僅短短兩分鐘左右的影片。

然而那內容卻是非常非常地濃烈。

在我家喝到爛醉的美鶴發出嬌甜的聲音抱住我的身體，兔則是大笑著「稀有畫面呀」並拿手機拍著我們兩人。可說是平常狀態下看了也會飽受衝擊的影像。

當時美鶴他們的分店似乎在總公司發表的業績排行榜上獲得關東地區第一名的成績，而且在那業績紀錄上貢獻最多的不是平常一直保持穩定銷售成績的鵜原先生，而是以些微差距贏過他的美鶴。

就連平時總是講話刻薄的店長那時候也變得什麼酸話都講不出來，表現得很不甘心的樣子。而美鶴似乎對這件事情感到開心不已，在我們家開酒慶祝的時候得意忘形地灌了一堆酒，結果就讓我和兔見識到正經八百的她平常絕對不會表現出來的瘋狂一面。

把一瓶瓶、一罐罐的啤酒和調酒喝個精光，始終非常愉悅的美鶴甚至還跟同樣心情很好的萊斯一起跳舞。兔也始終爆笑地把那些畫面都拍成了影片。

感到無奈的我把視線望向兔，結果美鶴似乎因此感到不滿而抓起我的領帶讓我轉向她，然後自己親了我之後，又全身軟趴趴地癱到我懷中。

要是讓現在的美鶴看了這全部的影片，想必絕對不會只是陷入驚慌的程度而已——我的頭頓時感到一股發麻似的寒意。

「結果美鶴她忽然露出好誇張的表情，汗水流個不停。然後衝進店裡尋找關於你的事情什麼的……總之慌慌張張的感覺很奇怪呀。所以我只好想說要問你到底是——」

兔還沒說完前我就站起身子，一把抓起掉在被子上的手機。

滑著畫面尋找通訊履歷，便在一整串的未接通知下面看到貓村小姐也有寄來訊息，說美鶴在店裡暈倒，早退到醫院去了。這通最後的訊息，已經是三個小時前寄來的。

——『醫院』這個文字映入我腦海，讓我指尖開始顫抖。

不是透過話語，不是透過照片，而是透過會動的影片看到真相的美鶴在那瞬間究竟感受到什麼，後來做出了什麼行動，根本連想都不用想了。

「抱歉，劍城小姐就在剛剛回去了。雖然我有跟她說我會叫你過來，要她在這裡等。」

羽毛醫生一臉愧疚地對跑來問診室的我如此說道。

「你們剛好擦身而過了。」

即使我沒有說明，羽毛醫生似乎也已經從美鶴口中聽說了到此為止發生過的事情。

「你們兩位都辛苦了。」醫生看著我的臉，如此慰勞。

「呃，我聽說……美鶴昏倒了。」

「不用擔心，那是心理壓力加上睡眠不足造成的暈眩，好好休息一下之後就好了。我也有開一點藥給她，你放心。」

「這樣啊。」

「在你問之前我先說吧。關於你隱瞞著劍城小姐的事情，我全都跟她講了。」

我並不驚訝。因為我多少有猜到會這樣。

「我被劍城小姐罵得好慘呢。」

羽毛醫生露出有點傷腦筋的表情嘆了一口氣。

「她那麼生氣啊……」

「不，她並沒有生龜井戶先生的氣喔。反而是對於你在背後默默奮鬥、默默守護她的事情感到難以承受，對於自己忘記了你的事情感到非常自責的樣子。一切都如你原本的預想。」

一直以來在自己身邊神出鬼沒的神祕男子原來不是跟蹤狂，而是自己的情人。重新知道了這件事的美鶴似乎受到相當大的衝擊。

「所以我有向劍城小姐說明，她的反應是很正常的。畢竟人類是依賴記憶的生物。為了盡可能正確地填補自己缺少的記憶，比起不存在於記憶中的對象會更優先相信自己記得的人物們所說的話。這是不管誰都會做的事情，一點都不奇怪。因此誰都沒有權利責備劍城小姐，而劍城小姐也沒有必要感到自責。」

醫生帶著微笑繼續說道：

「當然，你也是一樣。不可以想說是自己害了她受苦喔。」

「可是那時候如果從一開始有好好說明，事情就不會變成這樣了。我明明是為了不想讓她難受，但這下完全是本末倒置啊……」

「誰也不會知道未來會如何，而且劍城小姐並不認為自己受苦了。在知道全部的真相之後，她即使感到困惑也有下定決心要好好面對現實。劍城小姐其實比你想像中的還要堅強啊。對於你至今做過的行動，她也都明白全部是出自你對她的愛。」

所以你別露出那樣的表情吧。醫生如此說著，讓我抬起頭。

「或許是繞了一大圈，不過這下你們又可以再次互相面對了不是嗎？劍城小姐似乎並沒有就這樣乖乖等候的意思喔？所以你接下來也照自己的意思去行動就可以了。」

醫生說著，並目送我離開。

我走出醫院後，便看到我奔出家門時隨後追上來的兔以及被牽繩繫著的萊斯在停車場等我。

「抱歉，我做了多餘的事情。」

兔感到愧疚地說著，抱住我的肩膀。

「我完全無法想像到，美鶴竟然會變成那樣的狀況。」

「別在意，畢竟我也沒跟你說。」

在移動中，我把美鶴的狀態以及至今發生過的事情全都向兔說明了。他雖然一開始不斷主張他無法相信美鶴居然會失去記憶，然而後來他也理解要不是那樣就講不通，結果比我還要快就接受了現況，並抱怨我為什麼沒有立刻找他幫忙。

「抱歉，我想應該是我的腦袋混亂到沒有餘力想到要尋求你的協助吧。」
「哎呀，看你這樣子我也知道你過得很辛苦啦。」
一路隱瞞的真相以出乎預料的形式被美鶴知道了，但諷刺的是我現在卻有種從不自覺間壓在心頭上的沉重感中獲得解放似的感覺。
證據就是我最近一直深鎖的眉間到這時開始發麻了。老實講，自從那天以後我應該都處於很不冷靜的狀態。沒有美鶴的日子比我想像中還要難以忍受啊。
羽毛醫生也有說過，即使是這種形式也不完全是最壞的狀況。正因為變成現在這樣，讓我可以停下腳步好好思考了。
我深深吐一口氣後，蹲到停車場角落的牆邊。萊斯則是把頭放到我大腿上，垂著耳朵發出難過的叫聲。
本來我還以為牠是因為夏天太熱沒有精神，但或許萊斯其實從很早之前就看穿了我的心情吧。
美鶴以前說過『狗是映照飼主的鏡子』，這句話完全沒錯。我自己沒有精神的話，萊斯也不可能會有精神的。
「抱歉，萊斯，也害你操心了。」
我用力擁抱這隻溫暖的毛球後，牠也一副『好啦我原諒你』似地不斷舔我的臉頰。

「哎呀……已經發生的事情就沒辦法了，但重要的是接下來呀。你要怎麼做？」

「什麼怎麼做？」

「我剛才打過電話，聽說美鶴還沒回到家的樣子。」

「咦！」

在職場昏倒，去過醫院之後居然沒有直接回家，到底跑哪裡去了——我想到這邊，立刻罵了自己一聲：不是這樣吧。

『劍城小姐似乎並沒有就這樣乖乖等候的意思喔？』醫生剛才這句話的意思，我總算明白了。

美鶴是在找我。尋找不存在於記憶中的我。尋找我會在的場所。

明明她不可能會有線索的。但即便如此，她現在肯定還是自己一個人尋找著我可能會在的場所，可能會去的場所，我們可能有去過的場所。

我不能呆呆留在這種地方——

「去找美鶴吧。兔，你可以幫忙嗎？」

兔二話不說就答應後，我用力拍拍自己的臉頰站起身子。

沮喪的心情和懦弱的發言都到此為止。

美鶴即使在這種時候也不斷邁步向前，我怎麼可以還垂著頭。

我必須所有行動。

這次我一定要消除她心中的不安，告訴她什麼都不用擔心。

然後要老實向她傳達自己的心情，告訴她我好想念她。

我有好多話想跟美鶴說。

有好多話想當面告訴她。

車站前的商店街。美鶴自家附近與車站對面的公園。日丸屋。我和兔繞遍各處我們能想到的場所，尋找美鶴。

如果她也跟我們想著同樣的事情，就會有很高的可能性到最近去過的場所。我雖然這麼認為，但是搜索行動卻超乎想像地困難。

途中兔也有聯絡美鶴的老家，拜託他們『打電話給美鶴叫她回家』。可是從那之後經過了兩個小時，我們依然沒能見到面。

就在這時候，我經過五金百貨想到貓村小姐在裡面。

或許她正幫我們拖住美鶴也說不定。於是我們帶著嚴肅的表情進入快要打烊的店裡，而貓村小姐似乎也猜到我會來，立刻丟下掃除用具跑到我面前。

「美鶴學姊一個小時前回來過這裡。」

然而她聽說我不在這裡，似乎就立刻掉頭離開了。

據說當時是因為美鶴忘了東西在員工休息室，而貓村小姐去拿的時候美鶴就跑掉了。貓村小姐感到愧疚似地如此說著，並從口袋中拿出美鶴全新的手機給我看。

「這是美鶴學姊早退的時候忘記帶走的。如果我有把手機交給她，至少現在就能把她叫回來的說。真的很對不起。」

「怪不得都聯絡不上她！受不了，那孩子就是在這種地方很冒失呀！」

兔大概是想像到美鶴冒冒失失的樣子，一臉無奈地抱住自己的頭。

「她有說她要去哪裡嗎？」

「沒有……不過學姊拚命在找龜井戶先生喔。中午的時候，學姊還對鵜原先生發過飆呢。」

貓村小姐回想起當時的樣子，露出黯淡的表情。

「我第一次見到學姊對她在職場中最尊敬的鵜原先生那麼激動。鵜原先生承認了那時候他講的話都是知道學姊和龜井戶先生其實在交往的前提之下撒的謊，說自己那麼做是為了想得到學姊的心。學姊聽完之後應該非常震驚才對……可是她比起自己的事情更在意當時龜井戶先生心中的感受……罵了鵜原先生一頓。」

「美鶴做出那種事情啊。」

「是呀。現在的學姊肯定是被罪惡感壓得喘不過氣來了。所以龜井戶先生，請你好好跟學姊面對面談談吧。請不用擔心，這次一定會順利的。」

與如此鼓勵我的貓村小姐道別後，我們又再度毫無線索地來到屋外。

「你想不到還有其他地方嗎？」

就算兔這樣說，我能想到的地方大致上都已經找過了。

應該已經沒有其他可能的……

不——等一下。

有。美鶴可能會去的場所，還有一個地方。

還有一個以前我們每次去的時候，她都會說從我們交往之前她就很喜歡的地方。

是我和她還有萊斯總是一起散步的路徑，最後絕對會到的——河岸公園。

如果她現在跟我想著同樣的事情，為了見到我而在尋找我可能會去的場所……

或許她會猜想我可能會到她喜歡的地方去。

「呃，喂！龜仔，你怎麼啦？」

雖然不確定，但我卻莫名有這樣的預感。於是我加快腳步，接著奔跑起來。

園。

　　美鶴的老家前面有一條大馬路，從途中穿過一座人行天橋就能到河岸公園。

　　跟在我後面的萊斯也知道這條路是通往河岸公園，結果通過附近的瞬間牠就使勁奔跑，拖著嘴上抱怨自己穿高跟鞋已經走不動的兔。

　　我爬到堤防上水泥鋪成的人行道，環顧四周。

　　太陽早已下山，遠處可以看到街上閃閃亮亮的燈光。相對地，河岸邊則是連一盞像樣的照明都沒有，頂多是前方幾百公尺的橋上偶爾有車經過的車燈，或是帶狗來散步的人手上微弱的燈光而已。

　　河岸邊沒人修剪的草皮在夜風吹拂下飄散出泥土與河水的氣味，流動的河面微微發出沙沙的聲音。看著那樣的景象，我稍微鬆了一口氣。

　　兔對停下腳步的我拍拍肩膀，讓我轉回頭。

「美鶴看起來不在這裡呢。」

「嗯。」

「畢竟也過了很長一段時間，她搞不好已經放棄，回家去了。我再打一次電話到她家看看。」

兔說著，拿出他的手機。就在這時……

原本在水泥路上拚命嗅著味道的萊斯忽然抬起頭，不知是發現什麼而大聲吠叫起來。

「嗚、呃——啊、等等……！」

牽繩被用力拉直，萊斯使出渾身力量往前衝。兔因為穿高跟鞋踏不穩，當場跌坐到地上，同時放開了握在手中的牽繩。

霎時——萊斯就像火箭發射般衝了出去。

「討厭啦，痛死了！」

「萊斯————！」

有如一陣疾風的萊斯，頭也不回地衝向一個孤零零站在橋邊的人影。接著撲到那個人影前面，繞著那人影跑跑跳跳，又再度吠叫起來。

那傢伙到底在搞什麼——

人影做出受到驚嚇的動作，並傳來微弱的尖叫聲。我也因此拔腿衝過去並大叫萊斯的名字，可是牠卻依然不回來。

就算萊斯是抱著跟人玩耍的意思，但要是在毫無預警之下忽然有一隻沒人牽住的狗奔到自己面前，不論是誰都會感到恐懼的。

那個人大概也是感受到危險而一步步往後退，並且望向周圍尋求救助。

「危險——！」

那個人退到堤防邊緣踩了個空，當場全身失去平衡，像是要抓住空氣般揮動手臂。

「啊！啊！」

就在那個人跌落平緩的草叢斜坡之前，我伸手抓住了那人的手腕，想把那人拉回堤防上的人行步道。然而我支撐不住已經傾斜的重力，結果連我自己也一起從堤防上跌落下去。

視野劇烈翻轉，我不自覺用力抱住眼前纖細的身體。

滾了好幾圈總算停下來後，我一時間還搞不清楚究竟發生什麼事而愣了一下，但很快就注意到狀況的嚴重性而冒出冷汗。

擁有訓練師資格的美鶴平常就會嚴格管教萊斯，所以牠正常來說絕對不會對人做出像這樣失控的行為才對啊。

「Ｓｔａｙ——！」

做出這樣誇張行徑的那隻愛犬居然還不罷休，又追了上來想要繼續胡鬧，於是我擠出渾身的怒吼叫牠趴下了。

也不知道究竟有沒有搞清楚狀況的萊斯雖然當場趴下，卻依然興奮地搖動著整個身體。

「嗚、嗯……」

就在我瞪著萊斯的時候，抱在懷中的溫暖存在忽然扭動身體發出呻吟。

「啊啊！對不起，對不起對不起，我沒把狗管好真的非常抱歉！」

我趕緊跪下膝蓋，拚命道歉。我連在公司都沒有這樣道歉過，但這次的狀況實在太誇張了，我一點藉口都沒有。

「對不起，呃、請問您沒事吧！有沒有受傷！」

真的非常抱歉！非常抱歉！我連看向對方的餘力都沒有，不斷磕頭。

「隱、隱形眼鏡……我的隱形眼鏡、掉了。」

對方纖細的手指在平坦的草地上到處亂摸。

我不禁嚇得心臟都快跳出來，趕緊趴在地上尋找又小又薄的鏡片。

「啊、請、請不用在意。反正只是拋棄式的。」

「對不起，我會賠償！啊、請問您看得清楚嗎？要不要用我的眼鏡——」

著急地拿下眼鏡遞出去的我，以及揉著眼角的對方——這才同時發現自己面前的人物究竟是誰。

「啊……龜井戶先生。」

美鶴沾滿沙子的臉蛋就在我眼前。

我再度看向萊斯，發現牠開心地伸著舌頭在喘氣。

啊啊，原來是這麼回事。就在我總算明白的時候，兔從斜坡上走下來，默默撿起牽繩，有如舞臺的幕後人員一樣牽著萊斯快快離場了。臨去前還對我小聲說了一句「要好好幹啊」。

現場再度剩下兩個人之後，我們緩緩拉開距離。美鶴拍拍大腿站起來，於是我也照做。

兩人的視線好久沒有這樣相交了。

「……為什麼妳會在這裡？」

「我想說來這裡應該可以見到你，因為這裡是我喜歡的地方……」

「是嗎……我們想的事情都一樣啊。」

我和美鶴互相微笑。

「劍城小姐，呃……」

「叫美鶴就可以了。以前你是這樣叫我的對吧？」

在我重新道歉之前，美鶴就緊接著靜靜開口：

「對不起……對不起！」

用顫抖的聲音，反覆道歉。

「……一直以來，真的對不起……！」

緊咬著牙根的美鶴，表情看起來隨時都要哭了。

「這麼單純的一句話根本不夠……我對你，對自己應該最重視的你，一次又一次傷害……也不想想你心中多痛……只顧著自己的事情……」

美鶴從口袋拿出一個附有小狗吊飾的鑰匙，亮在我眼前。

「這是哪裡的鑰匙，你應該知道吧……」

什麼知不知道，那就是我家的鑰匙。正確來講是打開我們家大門的鑰匙，美鶴持有的備鑰。

她從我的表情看出答案，用力握住鑰匙。

「果然是這樣。我出院的時候發現這鑰匙在我的包包裡。可是我從來沒看過這鑰匙，而當我想著這究竟是哪裡的鑰匙時，腦中第一個浮現的就是龜井戶先生的臉。」

「美鶴……」

「如果我一開始相信你講的話就好了，可是我卻一直犯錯。你肯定覺得我是個無可救藥的笨蛋吧。明明在一起三年，我卻什麼都忘記了，肯定讓你很失望吧。」

彷彿把帶刺的話語擠出喉嚨般，美鶴不禁皺起表情。即便如此，她依然像是在警告自己不可以在這邊哭、絕不原諒自己哭一樣，緊握拳頭，鼻子吐氣，光看就知道她努力在忍耐。

「我總算知道你的心情，也知道你在笑容底下總是在想什麼……但我知道，一切都太晚了。你會覺得連我的臉都不想看到是很正常的。所以請至少讓我向你道歉，然後請你對於我一路來犯的錯好好罵我一頓。你要怎麼罵都可以，我會全部接受的——」

與鵜原先生之間的事情、與真相的面對，明明自己已經飽受打擊了，卻還表示願意接受我的處罰。看著那樣的美鶴，反而是我快要先到達極限了。

「妳也真傻……我怎麼可能罵妳嘛……」

我帶著差點哭出來的聲音露出笑容。

「美鶴……把臉抬起來吧。」

無論是我的肩膀或我的聲音，應該都顫抖得比她還要激烈。

「夠了……已經、夠了……！」

為了拚命壓抑湧上心頭的衝動，我不禁感到難以呼吸、全身發燙。

即便如此，我還是要說出來。因為我一直想告訴她這句話。

「美鶴……妳一點也不壞啊……」

在淚水奪眶而出之前，我往前踏出一步，靠近她面前。然後彎下腰，把眼鏡戴到她臉上。

想說的話實在太多，每句話都爭先恐後地擠上喉嚨。打開了開關的感情不斷加速，停也停不下來。

「我才應該道歉……對不起。如果我那時候老實跟妳說明就好了。我本來是因為不想傷害到妳，才一直都沒有講出口。可是仔細想想我這個人根本笨拙得可以，到頭來只是不斷讓妳感到恐懼不安而已，真的很不行啊……」

美鶴聽到我說出這樣苦澀的反省，低下她變紅的眼睛用力搖頭。

「我總算見到妳了。總算可以像這樣、跟妳說話了……！」

我帶著猶豫把手伸向她臉頰，而她雖然感到困惑也還是接受了。

對於現在的美鶴而言自然是不用說，就連我自己都因為感受到她的緊張而湧起彷彿是第一次觸碰到她似的感動。

或許別人會覺得只是短短幾個禮拜而已，但我的心境上卻有如從持續好幾十年的漫長惡夢中總算醒過來了。

「對不起……」

「妳沒有必要道歉。真正辛苦的人應該是美鶴啊……妳眼睛和鼻子都好紅，是哭了嗎？」

美鶴頓時一副「這點你沒資格說我」似地別開臉蛋回應：

「現在是你在哭才對吧。」

「我沒哭。淚水還沒掉出眼眶，不算不算。」

聽到我這麼說，美鶴溼著眼睛輕輕一笑。那表情頓時把我一直壓抑著感情的蓋子掀開，讓滿心的喜愛都湧了出來。

我把擦拭著她臉頰上沙土的手移到她頭上，剛開始輕輕地、緩緩地，彷彿在對待寶貴的東西般撫摸了好幾下。

「那時候，我好擔心妳會不會死了，好擔心會不會到醫院之前有什麼萬一。」

至今的人生中，我從沒遇過那麼恐怖的經歷。

「妳還活著，真的是太好了……沒有失去妳，真的是、太好了。」

我反覆說著同樣的話，並保留對方可以抵抗的餘地輕輕抱住她。而她並沒有反抗，又再度擤著鼻子，用顫抖的聲音說道：

「為什麼……我明明和你在一起三年卻全部忘光光了……為什麼你還願意那樣說……為什麼、你還願意、對我那麼溫柔？」

「那不是當然的嗎……因為妳是美鶴啊。我會這樣做的對象……只有妳啊。」

「只有我……」

美鶴彷彿想說什麼而動著嘴巴，臉頰泛紅。於是我再度輕輕撫摸她的後腦杓……

「歡迎回來，美鶴。」

把一直沒能講出口的話語好好說了出來：

「我最喜歡妳了。」

以前的我從來沒想像過，能夠把至今已經說過好幾次的話再度說出口會是如此教人開心的事情。就在我因為總算把心意告訴她而感到幸福的時候，她也畏畏縮縮地把手臂繞到我背後，再緊緊抱住。

「謝謝、你……」

美鶴害羞地如此說道後，用小到幾乎快聽不到的聲音回應了一句「我回來了」，於是我也緊緊抱住了她。

「我會全部回想起來的。我會努力，盡快把跟你之間的事情都回想起來的。」

「不，妳不用急，慢慢回想就可以了。我今後也會陪在妳身邊，所以妳儘管依賴我吧。」

「好的……呃，也差不多……」

「差不多？」

「請你放開我、可以嗎？」

「不行。」

「可是、那個……要是有人、經過……」

「再一下下。抱歉，再讓我抱著妳一下下。」

畢竟是久違的擁抱，妳就原諒我吧。

「嗚嗚……」

就算美鶴如果拒絕，我也想再抱個幾分鐘。

「──嘿，快看快看，有情侶耶。」

「哇！真的呢！」

河的對岸有一群大概是來放煙火的年輕人，發現緊緊抱在一起的我們而吹起口哨調侃起來。

聽著那聲音，我透過肌膚感受到美鶴的心跳又加速了。

即使內心感到害羞也依然繼續依偎在我懷中的她實在惹人喜愛。或許因為這樣，連我的心跳也跟著加快了些許。

我平常也是會顧慮周圍有沒有人在看的，但唯有今天我一點都不在意。我抱著「想看就看吧」的想法，用心感受著好不容易來臨的安穩時間。

沒問題──

肯定已經沒問題了。

我們一路培育出來的關係，才不會因為這種事情就被破壞。從這裡開始，一定可以恢復原狀。

彷彿互相療癒著彼此的傷口般，閉著眼睛感受著對方體溫的我，心中對這點深信不疑。

7.

蟬鳴合唱到達最高潮，身體已經漸漸習慣悶熱天氣的八月中旬。

雖然至今為止經歷過許多困難，但我已經不再猶豫了。今後不管發生什麼事，我都要陪在美鶴身邊扶持她，為她付出。我在心中堅定這樣的決心，而美鶴也說她願意重新面對我了。

我們就這樣一步步慢慢地互相接近，試著填補我們失去的三年時光。

「請問『萊斯』是指米飯的『Rice』嗎？」

「嗯，對。」

「呵呵，真可愛。」

這天，記憶重置後的美鶴第一次來到我家。

她雖然跟我說我可以像以前一樣對待她沒關係，但是對於現在的她來說，我終究只是剛認識不久的人，甚至連朋友都稱不上。要她一下子就進到自己還沒完全卸下心防的男人家中兩人獨處，肯定會感到恐懼的。

因此在這之前，我都像剛開始交往的時候那樣，頂多下班後到咖啡廳聊聊天、一起去用餐、輕鬆散散步等等，在對她來說不會太勉強的範圍內與她相處。

然而就在前幾天，她說想要跟我只有拿照片給她看過的萊斯見面，於是我按照她的期望招待她到家裡來了。

「你果然比照片中看起來的還要可愛呢……！我可以拍照嗎？……哇，謝謝！好可愛～你腳上有穿白襪子呢～」

在尾巴轉得有如電風扇一樣的萊斯面前，美鶴難得表現得非常興奮。

她之前的手機因為被偷竊犯踩壞，裡面的資料全都沒了。而她現在用新的手機為萊斯拍了張照片後，轉回頭對我露出微笑。

嗯，我覺得妳比較可愛。

面對不斷原地踏步催促著「快點摸我！」的萊斯，美鶴彎下膝蓋輕輕撫摸牠的背部後，把自己的臉埋進萊斯毛茸茸的頭上，抱住牠深深吸了一口氣。

啊，她果然這樣做了。

對於美鶴這樣充滿個性的問好方式，我不禁「噗哧」一聲笑了出來。

「請問怎麼了嗎？」

「沒事，我只是在想，美鶴跟狗打招呼的方式果然是那樣啊。」

「咦！請問我以前也做過嗎？」

「妳一直都會這樣做喔。」

據她本人說是因為狗的氣味聞起來會讓她感到平靜。身為一個養狗人，我也稍微可以理解那樣的感覺。

「狗的氣味中隱約會帶有一種香氣呢。」

「是的。啊，不過剛洗完澡的氣味我也很喜歡喔。」

「我懂我懂。」

「這個味道，讓我有種非常懷念的感覺。」

美鶴用臉頰磨蹭著萊斯，語帶陶醉地如此呢喃。

她雖然到現在還沒有說過一句「我回想起來了！」這種話，不過在我們平常的散步路徑或是常去的日丸屋等等以前與我一同去過的地方，她似乎偶爾會對某些細微的部分有似曾見過的感覺。

羽毛醫生說這是非常好的現象，證明美鶴的記憶從根源部分受到刺激了。只要像這樣的感覺繼續增加，她某一天忽然回想起來的可能性就會提升。

我在心中期盼著那天的到來，並在一旁望著與萊斯玩耍的美鶴。

過中午後，懊悔那天沒能讓我吃到咖哩的她傾注心力煮了一鍋咖哩飯，配上用梅子醋調味的清爽冬粉沙拉，於是我們坐到餐桌邊一起合掌開動了。

美鶴雖然外表上看起來個性細膩，不過做起料理倒是很大膽又乾脆，裝盤也給人一種豪邁的感覺。咖哩醬中無論豬肉、馬鈴薯和紅蘿蔔都非常大塊，看起來就很有咬勁。對於老是容易肚子餓的我而言可說是食指大動。

在開動的同時我不禁像從前那樣想著：美鶴這麼會煮飯真是太好了。

「請問怎麼樣呢？」

「嗯……嗯……！我好感動。」

「感動嗎……！」

「真高興能再度嘗到這個味道。真的太好吃了。妳的料理果然是最棒的。」

「講得也太誇張了。」

「一點都不誇張，我是真心那樣想啊。」

原本吃飯就是我的興趣之一，而能夠享受到美鶴親手做的料理對我來說可謂是無上的幸福。我把心中的想法老實說出來後，原本似乎沒什麼自信的美鶴便開心地嘴角笑了一下。

原來如此，畢竟我是美鶴第一個交往的對象，所以對她來說今天是第一次煮飯給異性吃啊。總覺得連我都莫名有種新鮮的感覺了。

「上次一起吃飯時我也想過，你吃東西時的樣子看起來好像真的很好吃呢。」

「是嗎？」

「總覺得你在吃東西時非常幸福。」

「呃，是這樣啊。」

「嗯，笑容很燦爛。」

總覺得我以前好像也經常被她這樣說。

「能夠有個人帶著笑臉享用自己煮的飯真好呢。如果每次都能看到對方像龜仔先生這樣吃得津津有味，我肯定在煮飯的時候也能感到很幸福吧。」

「能聽到妳這樣說我也很幸福喔。」

我們就這樣聊著聊著，原本像小山一樣的咖哩飯轉眼間就從盤子上消失了。

下一盤？那當然。

「我在家裡做的時候，總是會被我父親抱怨。」

「為什麼？明明這麼好吃。」

「他總是叫我要把料切得小塊一點，還有不要把蒟蒻加進去。說這樣以後嫁人時會被對方覺得奇怪。」

「咦咦，可是我很喜歡喔，蒟蒻。」
雖然一開始是因為很稀奇而感到驚訝，但我吃過一次之後就對那口感上癮，現在徹底是個蒟蒻咖哩教的信徒了。
「而且料也是這個大小剛剛好啊。大塊一點比較有咬勁嘛。」
「就、就是說吧！我也是那樣覺得。龜仔先生能這樣說真是太好了。我父親總是不認同我……有事沒事就會嫌說以後嫁人會怎樣怎樣。又不是他要嫁人的說……哎呀，畢竟我姊姊很出色，所以就突顯出我差勁的地方了。對不起，這種話我以前應該也有講過吧。」
「不，妳不用在意以前有沒有講過。而且美鶴才不差勁。或許妳姊姊是個優秀的人，但這並不代表美鶴就比較拙劣。妳不論做什麼事都很努力啊。」
煮飯也好掃除也好工作也好，對待動物時也好，我一直都看在眼裡，所以很希望現在的美鶴在這點上可以有點自信。
美鶴因為個性努力又有完美主義的一面，所以很容易把周圍人說的話過度當真，動不動就覺得自己差勁，對自己評價過低。但她絕對沒有自己所想的那麼拙劣。
「美鶴是很優秀的，只是妳自己還沒注意到而已。所以妳可以再放輕鬆一點，不用凡事都那麼緊張。」

聽到我這麼說，美鶴放下湯匙，直直看向我。

「我是第一次被人這麼說。感覺有點……不，非常開心呢。」

她的表情變得柔和下來。

「我在家裡幾乎不會聽到那種話。每次都只會被唸說『妳就是這樣不行、那樣不行』的。」

「我在老家也是一樣啊。因為我是老么……啊，我父母離婚了，所以我沒有父親，而我外公、老媽跟老姊總是會唸我說『你是個男人吧！振作一點行不行！』之類的。」

或許大家是出自擔心才忍不住那樣講的，但是被罵過度總難免會讓人沮喪，覺得自己是不是做什麼都不行。這就是做老么難受的地方啊。

「所以妳的心情我可以理解。不過妳父親應該也是因為擔心妳吧。就是因為很重視妳，才會那樣囉囉嗦嗦的。」

「是那樣嗎……」

「一定是啦。如果他覺得妳無所謂，當妳受傷的時候就不會趕到醫院去吧？」

美鶴對於這點陷入沉默，看起來似乎是雖然難以認同但還是接受的樣子。

也許那種心情是還沒當上父母就很難理解的吧。

啊……不過那個店長講的話就完全是在欺負人了，不可以輸給他喔。我如此說著並握起拳頭後，美鶴也模仿我握起拳頭、豎起眉梢了。

在我清洗碗盤的時候，美鶴則是對占領陽臺一半面積的多肉植物們說了一句「真虧我可以收集到這麼多呀……」這樣對自己本身有點傻眼的感想後，拿起橡膠玩具和萊斯玩了起來。

很久沒和美鶴玩的萊斯看起來也非常開心，把彈來彈去的玩具咬住後又乖乖地放回美鶴面前。

或許狗也和人類一樣，比起同性更喜歡和異性互動吧。明明萊斯小時候總跟在我後面不離開，但自從認識美鶴之後牠就老是黏著美鶴，甚至把自己的主人都丟在一旁。

我不禁想起以前兔曾經一臉無奈地說過「那是因為牠像你啦」這樣一句話。哎呀，這麼說可能也沒錯啦。

「請問萊斯會玩飛盤嗎？」

完全和萊斯混熟的美鶴忽然從客廳對我如此詢問。

「因為我看牠動作很敏捷，想說應該會玩吧。」

「會啊。」

我忘記是什麼時候了，以前美鶴曾經表演過她在專科學校磨練出來的高超技巧給我看。

能夠在空中把飛盤接住的狗當然很厲害，不過我覺得能夠使出像是故意讓飛盤碰到地面改變方向等等投擲技巧的美鶴也很厲害。我每次都不禁張大嘴巴，在後面呆呆望著他們之間精采的互動。

「等一下去河邊散步的時候要不要玩玩看？」

美鶴聽到我這麼說，立刻開心回應了。

「萊斯外觀看起來像邊境牧羊犬，可是臉卻像柴犬呢。請問是人家送養的嗎？」

「不，是撿來的。呃，應該說是我以前把牠的媽媽撿回來養，結果有一次牠媽媽逃家，跟附近人家養的狗懷了小孩。」

「唉呦，這樣呀？」

「當時生了兩隻小狗，我們家領養一隻，就是萊斯了。」

「哦~原來是這樣……呵呵，好可愛。四隻腳都穿襪子，跟我以前照顧過的小狗好像。」

我把洗好的碗盤都放到碗盤架上晾乾的時候，美鶴彷彿自言自語似地如此說道。

「這我倒是第一次聽說。美鶴妳養過狗？」

我記得美鶴以前說過，她家雖然是獨棟透天的屋子，但因為爸爸對狗過敏所以不能養狗的樣子。

「說『養』可能不太正確。應該說是寄養了一段時間嗎？好像也不對。」

「有點複雜的狀況是吧？」

「就是那種感覺。」

玩過癮的萊斯躺到冷氣下面不知不覺間睡著後，美鶴一臉慈愛地看著牠，並在牠毛茸茸的臉頰上親了一下。

那模樣看起來莫名像是哄小孩睡覺的母親一樣。我不禁笑了一下，把手擦乾後，在沙發上坐到美鶴旁邊。

「謝謝你洗碗盤。」

「我才要謝謝妳煮的咖哩。」

安靜下來的美鶴又重新轉頭環視屋內。

「這個家真不錯呢。空間大，又漂亮，而且還看得到河岸邊……同居嗎……」

「呃不，關於那件事，妳不用想得太深沒關係。」

「哦哦，不是的，不是那樣。該怎麼說呢……」

美鶴有點拘謹地縮起身子，變得緊張起來。
「我只是在想，以前的我究竟是怎樣呢？」
聽到這個方向性忽然大轉彎的話題，我頓時呆了一下。
「像這樣兩人獨處的時候，請問我是不是總黏著龜仔先生撒嬌？」
「不會啦，妳感覺很普通啊。除了心情沮喪或是喝醉的時候以外。」
美鶴大概是回想起之前看到的影片，嘴角立刻緊繃起來。
「這樣呀。」
「妳以前總是很乖，很正經，又會細心關照對方。當然現在也是一樣。」
懂得尊重我面子的同時，當自己能夠行動的時候又會積極行動，總會在絕妙的時機細心關照人。我想這或許要歸功於她父親嚴格的管教。
「不過本質上大概怕寂寞吧，偶～爾會忽然跟我撒嬌，有點難以捉模。」
「聽起來，我並不是一個會討人歡心的女朋友呢……」
「不不不，就是那樣的反差感很棒啊。」
美鶴頓時「咦？」地看向我。抱歉，這句話聽起來好像有點變態。
「敬語呢？」
「敬語是一直都沒變過。聽說是因為妳堅持對年紀比自己大的人都要使用敬語。」

「請問我有好好煮飯嗎？」
「那當然，我的胃已經被妳抓住啦。」
「那、那請問當初告白的是？」
「是我。」
「多久會吵架呢？」
「要說『吵架』的話我們沒吵過架。不管是妳還是我，當心中有不滿的時候都會在爆發之前先找對方討論。」
「一次都沒有？」
「一次都沒有。」
明明我們平常主要閒聊的話題都會帶有一點距離感，但今天美鶴卻莫名積極地詢問我以前的事情。
或許是因為在家裡所以比較能放鬆講話的緣故。
「呃……」
「嗯？」
「請問、我們之間……應該有做過吧？情侶會做的事情。」
「啊……」
我發出有點拉長的聲音後，「……是有啦」地小聲回應。

結果美鶴的視線立刻很明顯地開始亂飄。
「請、請問……第一次親……不對，第一次接吻是什麼時候？」
呃，連這也要問嗎？
「算是當作……今後的參考。」
我抬頭仰望天花板回想了一下後，輕輕一笑。
「開始交往之後花了很長一段時間呢。」
「咦？」
「因為妳總是很害羞啊。」
「呃、請問是花了多久？」
我在美鶴耳邊悄悄告訴她後，她頓時「那麼久嗎!?」地瞪大眼睛。
「那真是給你添麻煩了……」
「不，妳那樣的部分也很可愛啦。所以我覺得不可以憑一時的衝動，要好好珍惜才行。」
「……是這樣呀……」
美鶴為了掩飾害臊而抱起抱枕，把全身縮成一團。看來她問到這邊已經覺得足夠了。
「我一直以來都很受到你珍惜呢。」

「實際上有沒有做到我是不知道，但我是有努力要那麼做啦。」

「不，你確實很珍惜我。我隱隱約約有那樣的感覺。和龜仔先生講話的時候，我莫名會感到很安心。如果能清楚回想起來，而不是像這樣模模糊糊的感覺就好了。」

「沒關係，美鶴，不用急不用急。」

我哼歌似地如此說著，並握起她的手放到自己大腿上。於是她也輕輕回握我的手。

我們接著都不講話，然而沉默並不會讓人感到尷尬。或者應該說，我覺得現在不講話比較好。

室溫降到設定溫度後冷氣便暫時停止下來，讓房間變得更加安靜。

我稍微緊握了一下美鶴的手。

「總覺得……」

「嗯，總覺得……」

我想我們想講的應該是一樣的話。

忍耐不住害臊的我不禁笑了一下，可是美鶴卻沒有回我笑容。

「請問要不要……」

「嗯？」

「接……接吻呢？」

我的心臟當場一跳的同時，美鶴把身體靠近過來。

腳邊的萊斯大概是在夢裡奔跑吧，一邊睡還一邊動著腳。

我再度把視線看向美鶴的臉。

「可以喔。」

「不……」

在我出聲制止之前，美鶴閉上了眼睛。

眉間微微滲出的汗水，難掩害羞的泛紅臉頰，溼潤而帶有光澤的雙唇。看著眼前的這些，我幾乎要拋掉了心中的理性。

我接著抓住她輕輕發抖的肩膀，拉近自己——在她額頭上輕輕親了一下。

再度睜開眼睛的美鶴一副不太甘心模樣地微微嘟起嘴巴，但我看得出來她隱約鬆了一口氣。

「美鶴，珍惜妳的初吻吧。」

我裝作若無其事地擦掉自己額頭上也滲出的汗水。啊啊，真是好險。

「實際上並不是初吻吧？」

「對現在的妳來說是初吻啦。」

美鶴聽到我這麼說，頓時全身倒在沙發上，深深嘆一口氣。

「對不起……你發現了是嗎？」
「不用在意。妳是在顧慮我的心情吧。」
不過現在只要有那份心意，我就足夠了。
「像這種事情，我們還是多相處一段時間之後再去想吧。」
「這樣好嗎？」
「我希望尊重美鶴的心情。」
美鶴大概是因為自己臨時想到的念頭沒能付諸實行而有點不甘心的樣子，於是我輕輕摸了摸她的頭。我很清楚，她今天光是到這個家來其實就花了很大的勇氣。
「不急，不急。」
不知不覺間，從窗簾縫隙透進來的陽光漸漸變成溫暖的顏色，同時可以聽到暮蟬寂寥的鳴叫聲。
那蟬鳴彷彿在告知世界，夏天結束的腳步聲漸漸接近了。
三道長長的影子延伸在河岸邊的水泥步道上。
「請問我下次可以再去你家嗎？」
「當然，那裡也是妳的家，妳隨時都可以過來。」

美鶴牽著萊斯的牽繩，很有精神地走著。
萊斯緊緊跟在旁邊，三不五時就抬頭看向她的臉。
我則是因為隨時都能跟上他們，而在他們後面慢慢走著。
我們的散步一直以來都是這樣，現在也沒有改變。
即使失去記憶，還是會有不變的部分。這樣的情景讓我的心多多少少得到了救贖。
「龜仔先生，請問你在笑什麼？」
美鶴轉回頭，對我露出比即將消失在水平線的太陽光更耀眼的笑容。我頓時感到某種癢癢的感覺從腹部竄向胸口。
這是喜歡的心情。
這心情也是一樣，是不變的部分。
我會等待下去，就算現在的妳不那麼想也沒有關係。
美鶴，我……
我愛著妳。
我在心中默默地，對走在前方的她如此說道。

8.

「對了，那個……我有件事情忘了說。我爸媽說，要我下次帶龜仔先生到我家來。」

「什麼？」

「他們說是希望對上次的事情重新向你致歉。」

「那還真是教人緊張啊。」

我不禁露出苦笑。而美鶴也一副不太想那麼做地嘆了一口氣，把下巴放到自己互握的拳頭上。

在散步路徑途中的這間叫『咖啡Times』的店，是我們經常光顧的個人經營咖啡廳。雖然座位不像車站前的連鎖咖啡店那麼多，但也因此很安靜，氣氛上有點像日丸屋那樣是個鮮為人知的好店。建在河岸邊附近，大概也是因為想吸引帶狗散步的客人，所以一樓和二樓的露天席有設置可以帶寵物用餐的座位。

而我們在這家店總是會點的飲料，是漂浮汽水。

或許有人會說既然來咖啡廳不就應該點咖啡嗎？不過這漂浮汽水真的是絕妙到令人無法不點。首先裝滿玻璃杯的哈密瓜汽水並不是一般常見那種清澈的綠色碳酸水，而是帶有混濁的黃綠色汽水。這是將綠肉哈密瓜切塊打汁後用碳酸水稀釋而成的。然後漂浮在汽水上的，是添加有香草種子的冰淇淋，還有光澤漂亮的櫻桃。清爽香甜的自製哈密瓜汽水與冰淇淋溫和的甜味相輔相成，只要喝過一次絕對會上癮。

「哇，這是什麼，好好喝……！」

美鶴用吸管吸了一口後，表情頓時綻放出幸福的感情。

「這一開始是妳點的，結果後來我也上癮了。」

「原來是這樣。確實，這味道會讓人還想再喝呢。」

這天我和美鶴以『回憶回收之旅』為名，繞遍了住家附近的各個地方。

因為美鶴表示比起搭電車出遠門去玩，她更想探訪我們兩人經常去的場所，知道我們以前做過什麼，看過什麼。於是我今天就擔任了為她帶路的導遊。

「接下來想去哪裡？」

「嗯……啊，那邊，那間有很多貓咪的神社。」

「好啊，那就走吧。」

我們享用完漂浮汽水後，首先前往充滿懷舊風味的商店街。

途中經過一間九十歲的老奶奶和她孫子經營、現代已經很少見的拆包零售煙火店，古老的懷舊點心店，以及正在進行棒球比賽而傳來歡呼聲的中學等等，我們都一處一處仔細參觀。離開中學後很快便來到設置有噴水池廣場與遊樂設施的縣立公園，剛好在入口處看到一間流動攤販在賣感覺很好吃的炸麵包，於是我們各自點了一份可可口味與草莓口味的炸麵包，坐到公園內的長椅上稍微休息一下。

解完嘴饞後，我們巧遇在河岸邊散步時經常見面的豬口奶奶，她是一位同時養了好幾隻臘腸犬的老奶奶。結果我們就這樣陪老人家閒聊了整整三十分鐘，然後又到處繞路才走向神社。

「呼～走了好多路啊。」

穿過有很多斜坡的住宅區，抵達神社前的我們鑽過紅色的鳥居，在手水舍清洗雙手後，通過成雙成對長滿青苔的石燈籠與狛犬石像，來到拜殿前參拜。

「呃～請問是先敬一禮嗎？」

「先輕輕一鞠躬，投入香油錢後搖鈴。然後二禮、二拍手、一禮。最後再輕輕一鞠躬。」

「好厲害，你都記得呀？」

「畢竟這裡也是妳喜歡來的地方嘛。」

我們各握一枚五元硬幣，走到賽錢箱前，數完一二三後同時向神行禮。

「神呀，求求祢……」

在我旁邊閉著眼睛祈願了好長一段時間的美鶴如此小聲呢喃。

「妳許的願果然是關於記憶的事情嗎？」

「嗯，是呀……龜仔先生也是？」

「嗯～有點類似，但不太一樣。」

「那請問你是許了什麼願？」

「我不說。說出來效果就會變弱了。」

看到我咧嘴一笑，美鶴慌慌張張地又從錢包掏出一枚五元硬幣，照剛才的流程重新參拜了一次。我就是喜歡她那樣老實過度的部分。

參拜完後，我們繞到神社後面，便見到美鶴想看的野貓們在本殿的陰影處乘涼。

茶色虎斑貓、黑白雙色貓、斑點貓、灰白虎斑貓，毛色各式各樣的十幾隻貓咪們彷彿把這裡當自己家一樣躺在地上，即使看到我們也毫不在意。

「好……好可愛。這裡是天國嗎？」

我們蹲下身子後，幾隻和我們特別熟的貓便慵懶走過來，又像是故意賣乖似地用可愛的動作滾到我們腳邊翻出肚皮。

這些貓明明是野貓卻毛色鮮豔，體型也圓滾滾的。美鶴摸著牠們的下巴與肚皮，表現得非常幸福。看來我許的願一下子就實現了。

「肉球軟軟，好療癒喔～」

「雖然狗也很好，但貓也不錯呢。」

要是讓萊斯看到美鶴這樣疼愛貓咪的模樣，肯定會吃醋吧。雖然牠今天留在家裡顧家就是了。

「剛才的事情，真的很謝謝你。」

「剛才？哦哦，妳說豬口奶奶？哈哈，一聊就聊了好久啊。不過那奶奶人不壞喔，偶爾還會送東西給我們。」

在來神社的路上，我們偶然遇到很愛聊天的豬口奶奶，結果被迫陪她老人家聊了很久的時候……

『每次都看到你們兩位在一起，感情真的很好呢……可是今天的美鶴怎麼給人的感覺和平常有點不一樣？是我的錯覺嗎？』

豬口奶奶忽然說出這樣一句逼近問題核心的發言，而我注意到不太講話的美鶴當場動搖，於是趕緊代替她含糊過去了。
我想美鶴應該是不想讓豬口奶奶知道自己其實不記得她吧。
「沒關係啦，妳不用那麼在意。」
「不……我不太想讓對方覺得自己被遺忘了。」
美鶴撫摸著茶色虎斑貓的下巴，露出心情複雜的表情。
「畢竟被人遺忘……是很難受的事情呀。」
原來如此。比起告知對方自己的狀態，美鶴更在意的是對方的心情。
「美鶴妳真的很溫柔。」
「我只是想說如果換成自己站在那個立場，肯定會很難受的。」
「說得也是。這次的狀況如果立場對調，美鶴一定會大哭特哭吧。就這點來想，還好是妳遺忘了對方。」
「那種講法，我總覺得不太能接受呢。」
看到美鶴讓櫻紅色的雙唇垂下嘴角，可愛的模樣讓我不禁笑了。
「我的意思是要妳別太在意啦。」
然而美鶴還是用鼻子輕輕嘆了一口氣，微微皺起眉間。
「為什麼……為什麼偏偏是三年呢。如果只是三天或三個禮拜倒還好，為什麼要忘掉整整三年……對我來說，那應該是一段無可替代的寶貴時光才對的說。」

如果不是三年那麼長，就算多少失去一些回憶，至少我們現在也還能緊緊聯繫在一起。就跟當初的我一樣，美鶴似乎也有這樣的想法。

「或許就是因為那段時光很寶貴吧。」

「……咦？」

「雖然我不清楚為什麼偏偏是三年，不過我現在是這樣想的。正因為美鶴很重視那些記憶，所以那三年份的記憶代替了妳的性命。只要這樣想，我就一點都不難受。」

「不難受嗎……」

「嗯，因為那時候美鶴要是死掉了，我們現在就沒辦法像這樣一起講話、一起去吃好吃的東西、一起散步啦。相較之下，記憶被遺忘還好得多了。」

美鶴睜大雙眼，接著緊繃嘴角。

「所以說……妳不要露出那麼煩惱的表情，笑一個喵。」

我借用躺在地上咕嚕咕嚕叫的黑貓的前腳，輕輕拍了一下美鶴的肩膀。美鶴頓時放鬆表情，露出柔和的笑容。

一如美鶴上次的預告，下一個休假日，我被招待到美鶴家了。

我萬萬沒想到會這麼快就被叫到家裡，老實講心中是緊張不已。但就算現在誤會已經解開，我如果不登門問個好，感覺上也說不過去。而且雖然一方面是因為美鶴以前一直猶豫該何時讓我和她父母見面，但我對她父母來說可是個明明和女兒交往了三年卻不但沒見過面，甚至連存在都不曉得的男人。

不趁這次機會見面的話，又要等到什麼時候？於是我接受邀請，大約黃昏時來到美鶴家拜訪了。

「唉呦唉呦，天氣這麼熱還穿西裝來呢。」

「呃，騙人的吧～！還真的那麼正經八百！明明穿便服來就可以的說！」

我按下門鈴後美鶴便出來迎接，而在她後面還可以看到個性柔和、體態豐腴的媽媽，以及給人感覺和美鶴完全相反的金髮姊姊也來到玄關等我了。

我按照自己在家裡對萊斯練習過的內容自我介紹，並送上伴手禮後，便有如被拉進去似地招待到家中。進入比我住的公寓還要大間的客廳一看，那位感覺很嚴肅的爸爸正在四人座的桌子邊準備著卡式爐。

我忍不住一時僵住。除了醫院那次以外，我是第一次和美鶴的爸爸見面，光聽美鶴的形容就讓我覺得見面需要很大的勇氣了。然而對方注意到我來之後卻停下手邊的工作對我深深一鞠躬，並拉開椅子邀請我坐下。

「之前在醫院，我們全家對你做出那樣失禮的行為，真的非常抱歉。我是美鶴的父親，這位是內人，然後這位是長女鷹美。關於你的事情我全都聽女兒說過了。雖然今天沒能準備什麼豪華的餐點，但還請你不用客氣，慢慢享用。」

接在美鶴的爸爸之後，美鶴的媽媽和姊姊也向我打完招呼，接著為大家端麥茶出來的美鶴便讓我就坐，並且為卡式爐上的土鍋塗上牛油。

什麼叫沒能準備什麼豪華的餐點……我光是看到眼前一包包的松阪牛跟飛驒牛就再度全身僵住了。

注意到我嚇傻的美鶴，則是感到有趣似地對我拋了個媚眼。

醬汁甘甜的香氣飄散明亮的客廳，以肉七菜三的比例煮成的滿滿一鍋壽喜燒完成後，大家便輕輕乾杯，開始用餐。

大家剛開始還因為之前在醫院發生過的事情，似乎都很猶豫該怎麼開口才好的樣子，結果圍著不斷冒泡的鍋子呈現出相當異樣的氣氛。

而首先打破這片寂靜的人，不出所料就是美鶴的姊姊。她忽然說出「這什麼氣氛啦，又不是喪禮！大家不要這樣！快點道歉快點結束啦，真受不了！那就從我開始！龜井戶先生，你明明是美鶴的男朋友我卻把你當成跟蹤狂，真的很抱歉！好，下一位！爸爸換你們！」這樣一段話，當場把球硬傳給大家，順利消除了餐桌的緊張氣氛。

原來如此，既然是個性如此積極明亮的姊姊，或許家人確實沒有必要再多講什麼吧。不過我也多少理解這對父母因此會對美鶴唸東唸西的心情了。
我和美鶴的家人們消除了在醫院留下的芥蒂，然後不出所料，話題很自然地被帶到我和美鶴的邂逅上。
「話說，你是喜歡上美鶴的什麼地方呢？」
美鶴的媽媽把裝滿飛驒牛與松阪牛的碗遞給我的同時如此問道。
結果正在吸蒟蒻絲的姊姊與正在喝啤酒的爸爸也都忽然放下筷子，把視線集中到我身上。
「我是被她的笑容吸引的。」
不行啊，這也太普通了。一點都沒有創意。
其實美鶴吸引我的部分還有很多，多到數不完。可是在這邊講出來也太多了，而且當中也有一些很深層的部分，要是老實講出來搞不好會嚇到她家人。
結果我就講出了這樣普通至極的回答。
「哇～好純潔的理由喔～美鶴，恭喜妳呦！」
美鶴的姊姊拍拍美鶴的背，而美鶴本人看起來也難掩開心的樣子。
「有考慮結婚嗎？」
「呃……這個嘛……」
因為我不想造成美鶴的壓力，而有點難以回答。

「既然都交往了三年，至少也有考慮到那種程度吧？」
「聽說你現在是自己一個人住，是住在哪裡呢？」
「我住在五金百貨附近的公寓。」
「哦哦，我記得那附近的房子應該不是單人房吧。也就是說，有考慮要同居嗎？」
美鶴的姊姊接二連三地說中我跟美鶴原本的計畫。而在『結婚』跟『同居』等等字眼冒出來的瞬間，美鶴的爸爸總會用銳利的眼神看向我。
「龜井戶先生，要同居的時候記得再來跟我們見個面。」
「拜託～爸，你是在生什麼氣嘛。」
「孩子的爹，美鶴已經不是小孩子了呀。」
「她不管長到幾歲都要人操心啊。」
聽到爸爸語氣冷淡地如此回應，坐在我旁邊的美鶴頓時唸了一聲「受不了」並皺起眉頭。
「爸就是因為那樣講話帶刺，美鶴才不親近你的啦。」
「我說的都是做爸爸必須要說的話啊。」
「龜井戶先生，你不要誤會喔。別看我先生這樣，當初美鶴被送到醫院的時候可誇張了呢！他那時候穿著西裝跑步，途中還跌倒了三次。雖然他那時候有藏起來，可是褲子都破了個洞呢……呵呵！」
美鶴的媽媽把手放到嘴邊，感到有趣似地笑著如此說道。
正在從鍋子裡撈菜的美鶴似乎也是第一次聽說這件事，頓時把頭抬起來。
「你是在跟人家講什麼話。」
「看，就是這樣。像這種偶爾冒冒失失的地方就跟美鶴一個樣。」
「有其父必有其女啦。像美鶴頑固的個性也完全是遺傳自爸爸呀。」
「所以龜井戶先生應該也很辛苦吧。」
「可是都交往了三年，應該沒問題啦。」
「孩子的爸，咱們不久後就會有個女婿了，這不是很好嗎？」
「別看爸這樣，搞不好他內心已經開始在想孫子的事情了呢。」
被媽媽和姊姊交互調侃的爸爸一副在抗議『妳們別再說下去了』模樣似地攤開報紙。我看到他藏在報紙後面隱約可見的側臉彷彿忍受不住羞愧而繃緊表情，甚至連耳根都發紅的樣子，頓時明白了這個人果然是美鶴的父親啊。
「美鶴，恭喜妳遇到了這麼好的對象。他就跟妳爸爸一樣，是個不顧自己穿著西裝就為了妳在大雨中拚命跑，淋得全身溼透趕到醫院來的人。妳要好好珍惜喔。」
聽到母親這麼說，美鶴又一臉害臊地點點頭了。

「請問感想如何呢……」

說是要送我一程而跟著我一起走出家門的美鶴，表情看起來比我還疲憊。

「我覺得是個充滿個性的家庭，好久沒有吃飯時那麼有趣過了。」

「這樣呀。我家姊姊是我行我素，媽媽悠哉悠哉的，而爸爸則是態度冷淡又愛面子，大家的血型也都不一樣，可以說是個一點都沒有統一感的家庭，所以我原本很害怕讓你跟他們見面的……過去三年來我都沒讓你跟我家人見面或許也是因為這個理由吧。」

「所以我再度體認到，妳真的個性很正經啊。」

「請不要笑我呀。」

「能夠和美鶴的家人們見到面，我很高興喔。」

「聽你這樣說我就安心多了。」

美鶴說著，「呼」地鬆了一口氣。

「我也很慶幸這次讓你跟我家人見面。我今天才第一次明白爸爸他們平常究竟是抱著什麼樣的想法對我那樣囉囉嗦嗦的。果然就是你講過的那樣呢。」

「畢竟美鶴很有家教，所以我知道妳家人肯定是很重視妳的啊。」

「早知道這樣，我就早點把你介紹給他們了。」

美鶴用手指繞住我沒拿東西的手。

「話說……」

「……？」

「請問你喜歡上我的理由，真的是笑容嗎？」

我不禁嘴角一笑，緩緩搖頭。

「不，另外還有更多更多的理由，不是用那樣一句話就能表現出來的。」

「我想也是。」

「妳知道？」

「我知道。因為每天只要看著你，我就能感受到自己真的很受你喜歡，被你愛護、疼惜。」

「妳有那樣的感受就太好了。」

「那麼，請你現在全部告訴我吧。」

「現在嗎!?」

在明亮的路燈照耀下，美鶴催促著我快點說出口。

「要是全部講出來會嚇到妳啊。」

「有那麼深層到會讓我嚇到的理由嗎？」

「有。」

「那請你從最重要的開始說起。」

期待的眼神有如聚光燈般聚集到我身上，於是我只好有點小聲地坦白了。

「妳名字很可愛。」

「呃，那真的是第一名嗎？」

不，不是。

可是對我來說全部的理由都一樣重要，沒辦法那麼簡單排出順序啊。

「還有看起來很振作，卻有時候傻傻的感覺。偶爾需要人照顧的地方我也很喜歡，不過總是要求自己努力的精神我也很尊敬、很喜歡。什麼話都願意跟我說的老實部分也很好。跟萊斯玩的時候像個小孩子的模樣也非常可愛。在丟飛盤的時候認真的表情又跟平常不一樣，讓人很心動。還有交往了這麼久也依然對我使用敬語，說是因為『希望對於自己重視的對象可以永遠不忘敬愛的心情』這個理由也很出色。我聽到這句話的時候超級感動的。還有偶爾會開些很有趣的玩笑。擁抱的時候剛好可以收進我懷裡的感覺也很可愛。喝醉的時候會變得失去控制的部分也一樣可愛。但是在做家事跟金錢管理上又很行，將來肯定會是個好母親的地方也很吸引我。還有在我身邊時總會讓我覺得不管過了多久都很喜歡的部分也是。」

「請問還有嗎？」

「還有喔。還有很多很多。」

「那可以請你整理起來寫在稿紙上明天交給我嗎？」

美鶴馬上就插入這樣一句玩笑話。

「不行，那樣寫出來的稿紙會多到像文庫書那麼厚啊。」

「有那麼多呀？」

「我的愛是不是很重？」

「不會，我很開心的。」

仔細一看，美鶴眼眶泛著淚水。

「我從來……從來沒有被人這麼珍惜，被人說過這麼多的喜歡。簡直就像收到了好大的花束，當中每一朵花都被注入了心意一樣。我真的好開心。」

會把事物舉例成那樣美麗的東西，也是我喜歡妳的理由。聽到我這樣說，原本快哭出來的美鶴頓時肩膀一抖，笑了出來。

「謝謝你……謝謝你那麼喜歡我。」

「我才要謝謝妳啊。」

趁著四周沒有人經過，我們輕輕彼此擁抱。

「我真的是個很幸福的人呢。」

「能夠和美鶴在一起，我也很幸福。」

我在閉起眼睛的美鶴額頭送上一吻。

結果她頓時靜靜地哭了出來。

「對不……起！」

美鶴不斷哽咽，肩膀抽搐，難受得連講話都斷斷續續的。

「沒關係。美鶴，妳別哭，沒關係的。」

我以為是她心中百感交集而忍不住哭出來的，但其實並非如此。

美鶴流淚的真正理由，我這時還沒能知道。

拜訪美鶴的家之後過了幾天，我和美鶴約好等她下班後一起去用餐。於是我今天還是老樣子坐在美食廣場外自動販賣機旁邊的長椅上，等待美鶴從店裡出來。

就在這時……

「嗨，好久不見。」

我聽到聲音抬起頭，便看到一張我想忘也忘不掉的工整面容注視著我。

「鵜原先生……」

「嗚哇，你表情厭惡得也太明顯了吧。」

大概是休息時間而手上拿著一包菸的他，明明知道我的心情卻還一派輕鬆地如此說道。

「請問你到底有什麼事？」

對於我的詢問，他只是笑笑地把幾枚硬幣投入自動販賣機買了兩罐咖啡，並且把其中一罐遞給我。

「當作是上次的賠罪吧。」

還真是廉價的賠罪。

哎呀，反正他本來就看起來一點都沒反省，這所謂的賠罪也很明顯只是形式上做做樣子而已。

看到我不收下咖啡，鵜原先生就把咖啡罐放到我旁邊，然後自己也坐到長椅上。

霎時，一股厭惡感從我腳尖竄上來，支配了我的理智。

「別那麼生氣嘛，事情都已經過去啦。」

「你不但趁我女朋友失去記憶的時候介入我們之間……甚至企圖做出那樣過分的事情。我實在無法理解你怎麼還能對我露出那種笑臉。」

「哎呀，說得也是。我做的事情是横刀奪愛，對於身為男朋友的你來說確實是做了壞事。」

自從上次那件事情以來，雖然我沒機會見到鵜原先生，不過美鶴似乎就像貓村小姐告訴我的那樣，跟鵜原先生徹底了斷了。

關於這點我也有聽美鶴親口說過。鵜原先生大概也認真接受了美鶴的抗議，後來那兩人之間就回到了以前的同僚關係。

「請你以後不要再做出那種行徑了。」

「講得也真難聽。我只是想要讓陷入煩惱的劍城小姐稍微打起一點精神啊。比起只會在背後鬼鬼祟祟拐彎抹角的你，我覺得我的做法對她還比較有幫助。哎呀，不過既然都被拒絕過兩次也夠了，我不會想再對她出手啦。這點你放心。」

「兩次？難道三年前你也對美鶴……？」

「是啊。在她和你開始交往之前，她說自己有喜歡的對象所以拒絕我了。」

鵜原先生說著，無奈地笑了一下。

「我當時看劍城小姐感覺沒有異性經驗，本來以為只要稍微對她好一點就能追到手的，沒想到她那麼難追。你看，我雖然內在是這種德行，但長相不錯對吧？就算我不主動追求，女孩子們也會自己貼上來。所以我對於跟其他人不一樣的劍城小姐起了興趣，才試著對她告白了。」

聽到鵜原先生用一臉爽朗的笑容說出這樣誇張的發言，我臉上的肌肉又更加緊繃了。

「那意思是說……你並不是純粹喜歡美鶴嗎？」

「哎呀，我不否定。嗯～對我來說，所謂『和女孩子交往』就有點像是滿足收集慾望吧。雖然我自己也覺得這感覺很奇怪啦。世界上偶爾會有這種想法像人渣的傢伙，而我就是其中的一個。」

別開玩笑了……什麼叫滿足收集慾望。這個人居然不是因為喜歡對方的感情，而是因為『想要追到手』這樣自私的慾望接近美鶴的嗎？

他雖然講得若無其事，但這戀愛觀未免偏差得太離譜了。然後，一想到他只是基於那樣無聊的理由就接近美鶴、傷害了美鶴，難以言喻的憤怒便頓時在我心中翻騰，忍不住緊握起拳頭。

——不行，不能被他牽著鼻子走。

這個人搞不好就是為了惹我生氣而故意擺出那種態度。要是我現在把怒氣表現出來，等於是自己為他提供樂趣了。

於是我好不容易撈起心底深處僅存的一點冷靜，用手指緩緩鬆開另一手緊握的拳頭。

「然後呢？你是因為美鶴沒有接受你，所以那樣報復她是嗎？」

「不，那並沒有到報復的程度。我也沒有痛恨劍城小姐什麼的啊。真要說起來，我只是想稍微找你麻煩而已。」

啥……？

「沒錯，就是你。不管怎麼看，我的條件都比你好，而且我和劍城小姐在同一個職場工作，相處的時間也比較長。先告白的人也是我，可是劍城小姐卻不知道為什麼選擇了後來才忽然冒出來的你。這點在我心中一直是個疑問。所以我想說換個手法，或許結果就會不一樣。」

也就是說，他只是想驗證嗎？

正如他自己所說，這樣的人確實存在。我只能讓自己這樣想，要不然心中持續增加的厭惡感幾乎要讓我發瘋了。

「我雖然很想警告你今後不准再接近美鶴，但非常遺憾的是你和她在同一個職場，想要不接近也很難。但總之請你今後不要再做出傷害她、讓她痛苦的行為了。要是你敢再犯，我絕對不會原諒你。」

我勉強壓抑快要爆發出來的怒氣，對今後應該不會再跟我扯上關係的鵜原先生做出最起碼的警告。

「你不用擔心，我不久後就會消失了。」

「咦……？」

「等到秋天，我就會被調動到東京的大型店鋪當店長啦。」

這樣正如你所願是吧？鵜原先生說著，聳聳肩膀。

「哎呀，或許你很難消氣，但劍城小姐應該也不希望把這件事繼續扯下去，所以就此了結吧。恭喜你們破鏡重圓啦，祝你和劍城小姐今後也能幸福。」

鵜原先生說出這樣一句絲毫不帶諷刺，甚至輕薄到讓人覺得乾脆的祝福話語，並且在我撇臉離開之前就自己站起了身子。

他接著把喝完的咖啡罐投進垃圾桶後，我本來以為他會就這樣回去店裡，但最後他卻又再一次轉回頭，露出天使般的微笑對我說道：

「哦哦對了，我就告訴你一件事情，當作是餞別吧。」

我不自覺地乖乖上鉤，豎耳傾聽他要講的話。

「三年前，劍城小姐說過的『喜歡的對象』——似乎並不是指龜井戶喔。」

遲了幾秒後，我的背脊忽然一涼……那是什麼意思？

「劍城小姐那時是說，她從很久以前心中就有個對象，而且對那個人念念不忘。」

「…………請問那也是你在騙人嗎？」

這傢伙真是死性不改。我本來是這麼想的，可是……

「是真的。如果你覺得是我在騙人，你可以自己去問劍城小姐。」

鵜原先生相當有自信地如此回應。

「換句話說，你只是代替她心中『一直以來喜歡的人』——也就是被當成代替品而已啊。」

留下這句惡魔般的呢喃後，鵜原先生就從我面前離開。

他不是為了向我道歉。

當我注意到他打從一開始就是為了告訴我這件事情才現身的時候，已經太遲了。

話語和記憶互相連結，讓我不管怎麼努力都無法忘記。

9.

去海邊玩的計畫取消之後，我就一直在考慮利用八月所剩不多的假日跟美鶴出個遠門，順便也當作是散散心。

當我問她想去哪裡的時候，她說希望我帶她去我們回憶的場所，於是最後決定去千葉縣的一間大規模水族館了。

要說我們回憶的場所那可是多到數不完，但畢竟我們兩人都很喜歡動物，所以我覺得比起遊樂園或觀光勝地之類的地方，水族館會比較適合我們約會。

就這樣，我們開著今天特地從我老家借來的深藍色轎車，在高速公路上開了兩個小時左右。

幸運的是路上沒遇到什麼塞車，天氣也很晴朗。我們欣賞著車外天海一片藍的景色，伴隨愉快的音樂享受久違的兜風樂趣。

途中稍事休息後，下了高速公路就能看到路邊有可愛的海豚與虎鯨角色招手歡迎的看板，接著不用多久便抵達了位於海岸邊的水族館。

買完門票，在入口處領了參觀地圖之後，我們循著貼在地上的路徑箭頭慢慢前進。

介紹亞馬遜生物的展示區，藍色燈光看起來很夢幻的水母展示區，鯊魚、魟魚、突額隆頭魚、鱘魚、海龜等等生物彷彿自在優游海中的透明隧道，讓人忍不住湧起食慾的大型帝王蟹，有如在水中飛翔的企鵝們，游過圓柱狀瀏覽區的海豹。

美鶴對每種生物都感到興趣，仔細觀察的同時也不放過寫有小常識或生態情報的介紹看板。

然後不出我所料，她停留得最久、看得最入迷的，是展示海獺的水槽。才剛走到展示區而已，明明海獺也不會逃到哪裡去，美鶴還是像深怕錯過什麼似地快步走向水槽。

早知她會如此的我不禁感到安心，並跟在她後面。

大概因為這裡是公共場所的關係，美鶴比起之前在我家時要來得克制興奮情緒，反覆說著「好可愛」並拿起數位相機不斷拍照。彷彿對那些水瀨漂浮在水面上的情景喜愛到不行的她感嘆露出的笑容，對我來說才是最可愛的。

這麼說來，我從以前就一直沒問過美鶴。通常到水族館來的人最期待的應該是海豚秀之類的，為什麼她卻那麼喜歡海獺？我如此想著並看向貼在牆上的生態介紹看板，上面寫有『海洋哺乳類、食肉目、犬型亞目、鼬科、水獺亞科、海獺屬』等等分類項目。

嗯？犬型亞目？……啊，我大概知道了。

「海獺在睡覺的時候似乎會互相牽著手喔。」

美鶴搖曳著馬尾轉回頭，開心對我如此說道。

「咦、是喔？為什麼？」

「好像是野生的海獺在睡覺時為了不要被水流沖散，會用海藻包住身體的樣子。」

「原來如此，因為在水族館沒有海藻，所以就用牽手的方式啊。」

「就是那樣。」

「海獺真可愛。」

「是的，海獺真可愛呢。」

真是療癒人心啊，然後美鶴的笑容也同樣療癒我的心。

就在這時，美鶴忽然把相機轉向我表情鬆弛的臉，冷不防地按下快門。

「為什麼要拍我？」

「當成回憶。」

「咦咦～我剛才的表情很奇怪吧？」
那也很好呀。美鶴這麼說著，又換了個角度對我拍照。
「以前用手機拍的照片全都不見了，所以要全部重拍。這次我會把照片都印出來。回憶不能只用檔案保存，必須轉成有形的東西才行。」
我最近漸漸明白，這是她對於我的心意選擇的回應方式。
只要拍了照片就要馬上印出來，無論日記或預定計畫也都不是用手機記錄，而是改成傳統的紙筆方式。
或許她就是想藉此努力填補空白的三年份吧。
為了追上我，希望快點與我站到同一個視線。即使她不講出口，我也知道她每天都在努力。
看著她那樣勤奮付出的模樣，最近的我卻不禁會感到有點心痛。
「海豚秀真精采呢。」
「是啊，三點好像還有海獅秀的樣子，我們再去看吧。」
過了中午後，我們來到位於水族館中間部分的餐廳享用稍遲的午餐。
因為館內地圖介紹上說這裡視野很好，於是我們選擇了在塗成白色的木頭露天陽臺上最外側的一張圓桌子。

座位正下方可以看到深藍色的海浪，吹上來的海風讓人感到非常舒服。

另外也能看到在空中盤旋的海鳥們，確實是視野很棒的座位。

我點了蛤蠣番茄義大利冷麵，而美鶴點的則是特製海鮮咖哩。

到這裡來也毫不猶豫地選擇咖哩，真不愧是美鶴。對於喜歡的東西就會貫徹到底，她就是這樣的女孩。

「好吃嗎？」

「很好吃喔。如果有加蒟蒻在裡面就更完美了。」

美鶴故意用冷靜的表情開了個玩笑。看來她也已經漸漸習慣像這樣跟我一起用餐了。

「明明妳剛開始的時候還那麼怕生的說。」

「要是我一直那樣也很讓人傷腦筋吧？」

「我倒是覺得很有趣。」

「好過分呢。」

「美鶴從來沒有像這樣跟誰約會過嗎？」

「沒有……或許我以前也有說過，我從來沒有跟誰約會過。啊，之前和鵜原先生那次不算喔！」

她接著又「請問龜仔先生又如何呢？」地回問我。

「沒有。妳是我的第一個對象。」
「是這樣嗎？跟別人都沒有？」
「嗯。」
「那就算不到約會的程度，請問你曾經喜歡過的有多少人呢？」
「是有過覺得還不錯的人啦，不過真的喜歡上的只有美鶴而已。」
「也就是說，是初戀嗎？」
「就是那樣。」
就在我們用完餐，悠閒欣賞著景色的時候，美鶴從包包中拿出筆記本對我詢問：
「請問我們以前在這裡有過什麼樣的回憶呢？」
「哦哦。」
於是我回應她的要求開始描述起來。
三年前，我和美鶴還沒開始交往的時候。
當時的我即使手法笨拙也還是好幾度嘗試追求自己一見鍾情的美鶴，又是邀她一起用餐，又是帶萊斯一起跟她散步，總之很拚命地想要獲得她的芳心。
雖然有兔從中作媒，但現在回想起來，當時突然被一個素未謀面的對象強烈追求的美鶴似乎看起來也有點傷腦筋的樣子。

那模樣跟最近的美鶴有很多共通部分，也就是說她在警戒我。而當時的我也多多少少有感受到這點。

「不管見了幾次面，妳總是表現得冷冷淡淡的。」

當時的我開始覺得，這樣子看起來或許沒有機會了。

然而這可是我的初戀，是我好不容易喜歡上的對象。我怎麼也不想輕易放棄，覺得就算失敗也好，至少要把自己的心意表達出來再結束這段戀情。於是我即使知道很老套也還是約美鶴到這間水族館來，決定當成是最後一次的約會。

「然後要回去的時候，在海邊的一張長椅上……我告白了。」

美鶴很有興趣的聽著我描述。

「而我答應了，是嗎？」

「嗯，老實講我當時很驚訝。因為我覺得自己絕對會被拒絕的。」

當時她的回應甚至讓我忍不住呆在原地說不出話來。

「請問我有告訴你我答應的理由嗎？」

「這個嘛……」

我雖然問過很多次，但美鶴從來沒有清楚告訴過我。

「明明是那麼重要的事情……三年前的我也真是的……」

美鶴對自己如此抱怨，並且在筆記本上今天的格子中寫入『被告白的日子』。

「話說，美鶴。」

我對把視線從筆記本上抬起來的美鶴說道。

「妳那樣不會很辛苦嗎？」

「咦？」

我指向她攤開的筆記本。

「妳該不會是覺得，必須追上以前的自己才行？」

美鶴的包包上掛了一個海獺的吊飾。

那是剛才她在紀念品店說想買，於是我買給她的東西。

其實我們三年前也買過一次，美鶴似乎也知道自己家裡有個同樣的東西，但她還是故意重買了一個。

據她表示，是「我想買來當成和龜仔先生又再度來到這裡的回憶」。

雖然我很高興，卻同時有種複雜的心情。

「美鶴就是美鶴。不管是以前的妳還是現在的妳都一樣。所以我希望妳不要一直跟過去的自己比較，剝奪了現在自己的自由。」

我這份心情，不知她究竟能否明白？

「妳就跟過去一樣過得普普通通的就好。放輕鬆放自然，老實面對自己的心情吧。」

……我希望妳這樣。美鶴聽到我這麼說，便闔上筆記本。

「請放心，我現在是自己想這麼做才做的。畢竟誰也不敢講以後會不會又忘記，所以我想要保險起見把這些回憶都記錄下來。」

「妳沒有勉強自己吧？」

「沒有喔。」

「那～就好。」

「我想，我肯定是被你那樣溫柔的個性吸引的吧。」

美鶴把手放到嘴邊聳聳肩膀，而我則是盡可能表現自然地開口說道：

「話說剛才那個話題。」

「嗯？」

「關於戀愛的話題，我也想聽聽看。畢竟我從來沒聽美鶴提過自己以前喜歡的人啊。」

「並沒有什麼大不了的內容喔。」

「哦，也就是說有那樣的人囉？」

雖然我覺得這問法有點狡猾，但畢竟也沒其他可以問出這件事的機會，因此我試著追問下去了。

「呃……嗯，是有過一個人。啊，但是並沒有交往過喔，只是我單戀，一直單戀而已。是很久以前，我還是小學生的時候。」

我的心臟當場用力跳了一下。但我為了不要被發現而露出笑容。

「哦～對方是什麼樣的人？」

「是住在附近的大哥哥。跟龜仔先生比起來是個很寡言沉默的人，表情總是看起來莫名帶著悲傷，可是個性溫柔。對，非常溫柔。而且拯救過我。」

「拯救……？」

「我曾經因為粗心……差點喪命。就在當時，對方拯救了我。」

「原來有過那種事情。」

「是的……即使長大之後，我還是忘不掉那件事。」

「妳有把心意告訴對方嗎？」

「我當時是很想告訴對方，可是……已經跟對方見不到面了……」

美鶴一臉遺憾地注視著自己喝光的空杯子，接著又立刻抬頭看向我。

「那已經是很久以前的事情了。雖然說忘不掉，但也已經不是喜歡什麼的，很久之前我就整理好自己的心情了。」

不，不對——

像那樣把頭髮撥到耳後的動作，是美鶴隱瞞什麼事情時的習慣。

「要說曾經喜歡的人，大概也就只有這樣吧。」

那不是曾經喜歡的人。那個人對美鶴來說是『現在依然喜歡的人』。

沒有錯。

她現在也依然沒變。

即使到現在，那個『難忘的人』依然留在她的心中。

從三年前直到美鶴的記憶被倒帶的前一天為止……雖然我不知道是不是到最後都那樣，但至少這次讓我知道了一件事。失去三年份的記憶之後，現在存在她心中的人絕對不是我，而是另一個人。

畢竟美鶴就是這樣，對於自己喜歡的東西會貫徹到底，無論過了多久都會喜歡下去。

既然證明了鵜原先生說過的話並不是在騙我，就代表現在的美鶴果然……

這是我從來都不知道的殘酷真相。

『你——只是個代替品。』

當時鵜原先生的聲音又在腦中響起，化為一股苦味擴散開來。

「請問你怎麼了嗎？」

美鶴見我忽然不講話，疑惑地歪了一下小腦袋。但我也只能隨便掩飾過去了。

我們接著欣賞了海獅秀，買了要送給兔跟貓村小姐的禮物，在離開前因為美鶴表示捨不得走而又來到海獺的水槽，拜託剛好經過的工作人員以水槽為背景幫我們拍了一張合照。

回程的高速公路途中，我們進入一個休息站。我因為很久沒開車而感到疲累，於是吃完簡單的晚餐之後，我們決定在車上稍微休息一個小時左右。

把車座椅倒下去各自躺下的我們，就像海獺一樣分別伸出一隻手互相牽在一起，閉上眼睛。

「總覺得龜仔先生好像有點沒精神呢。」

「嗯，我大概是有點累了。畢竟我很久沒開高速公路啦。」

美鶴明明自己很不會撒謊卻偏偏對別人莫名敏銳，真是傷腦筋。

不知不覺間下起的雨水打在擋風玻璃上，而且雨勢越來越強。看著那樣的情景，總覺得連我內心都漸漸變得感傷起來。原本好幾度告誡自己絕對不要把這句話說出來的，但……

「美鶴，妳果然是在勉強自己對吧？」

也許是不斷累積的情感到達極限的緣故，最後終究還是溢了出來。

「請問是怎麼了嗎？」

美鶴睜開眼睛看向我。

「剛才，美鶴說過的……以前喜歡過的人。其實妳現在也依然喜歡著對方吧？」

聽到我這麼說，美鶴並沒有立刻否定。

她臉上露出彷彿在表示『就只有這句話，我不希望聽到你說』的表情。

因此我得到了確信。果然是如此。

我明白了在她眼中是怎麼看待現在的我，明白了她是怎麼接受現在的狀況。

一直以來我都誤解了。無論是她偶爾會露出的愧疚表情，或是偶爾說出口的道歉，我全都以為是出自她對於遺忘了記憶的愧疚感。

但其實並不是那樣。

現在的美鶴回到了跟我成為情侶之前的狀態，心中喜歡的對象並不是我——而是別人。

因此她沒辦法回應我全力表現出的心意，自己也沒辦法追上狀況。所以那天晚上她才會哭了。

只要把那狀況套到自己身上就能明白。

明明我真正喜歡的人是美鶴，卻得知現實中我和一名不存在於自己記憶中的對象在交往，而且知道對方是純粹喜歡著我。就算那個人對我再怎麼好，在我眼裡終究只會覺得對方是個好人而已吧。因為我真正喜歡的對象是美鶴。

即便如此，對方想必還是會希望我能再度喜歡上她，而我想必也會陷入必須回應對方心意的義務感中。

畢竟要是沒那麼做，就太過意不去了。

結果我就抱著那樣的心情，被夾在自己無法實現的感情與對方的心意之間，強迫自己總有一天必須重新喜歡上其實內心根本沒感覺的對象。

這種事情——絕對很痛苦的。

「果然是這樣。」

「不是的……」

美鶴彷彿忽然回神似地搖頭否定。

然而我沒辦法相信她這句話。

「我已經跟妳相處了這麼久，妳心中在想什麼，我也輕易可以想像得出來啊。」

頓時陷入沉默的美鶴，看起來就像已經完全無路可逃。那模樣讓我不禁感到心痛。不對，我並不是想要讓她露出那樣的表情。

「白天時我也說過了，妳其實並不需要強迫自己回到跟過去一樣。我希望妳能按照自己現在的想法，自由過活。」

「請問你、為什麼要說那種話？」

「因為我注意到了……注意到妳至今究竟是抱著什麼樣的想法跟在我身邊。明明自己另有心上人，卻必須跟自己並沒有感覺的傢伙在一起，那樣除了痛苦以外什麼也不是……看到美鶴抱著那樣的心情勉強自己……我也很難受啊。」

接著我們彼此沉默了好一段時間後，首先是一臉快要哭出來的美鶴開口了：

「……那種事情，我怎麼可能說得出口嘛……龜仔先生一直以來為我付出、陪伴在我身邊，我怎麼可能事到如今才對你說出那樣過分的話嘛……！」

「我……倒是希望妳能告訴我。」

美鶴已經說到這種程度了，我卻還是忍不住繼續說出讓她痛苦的話語。

「我希望妳能告訴我，老實告訴我妳心中有個比我更喜歡的對象……」

「……既然這樣……」

聽到我說出真心話，美鶴也把至今藏在笑臉底下不斷漲大的想法都吐了出來：

「龜仔先生還不是一樣？既然知道了我的事情，為什麼不把我推開……為什麼不責怪我欺騙你……就只會對我客氣，總是在我不知道的地方默默受傷害……這種事情我也已經受夠了呀……！」

美鶴瞪著我悲傷的笑容，接著聲音顫抖，把臉轉開。

「對不起……對不起……我又傷害了你……」

因為彼此都為對方著想而發生的衝突並不會有所謂的和解，最後只會留下心痛。

對於縮在座位角落不斷道歉的美鶴，我也不知道該說些什麼。在雨聲漸漸變弱的車內，兩個人都壓抑著聲音，承受著彼此傷害的痛。

10.

我作了個夢。

美鶴和我不認識的男性牽著手走遠的夢。

我對經過我眼前的她叫了一聲。

她的視線雖然跟我對上一瞬間，但很快又回到那男性身上。

開心談笑的她，腳也不停地消失在人群之中。

「看吧，你果然只是代替品。」

我轉回頭，看到鵜原先生笑哈哈地拍著手。

有如書本翻頁般，場景接著轉換。美鶴與那男性通過車站的驗票口，進入停在月臺的紅色電車。

我也追在他們後面，進入電車。但我明明應該搭上同一班電車的，卻不知道為什麼坐在跟他們反方向的另一班電車上。當我發現時車門已經關上，即將發車的汽笛聲響起。

糟了——我慌慌張張趴到車窗玻璃上。

兩班電車各自朝反方向開始行進。

紅色電車穿過我眼前。

透過那車窗，我一瞬間看到美鶴與那不知名的男性並肩坐在位子上，露出幸福的表情緊緊相擁。

我難耐心中的焦急，忍不住把手伸向越來越遠的那兩人。

——就在這時，我醒了。

雖然我由衷慶幸這只是一場夢，但是這惡夢完全是來自我心中的焦慮。

總覺得像是再度認知到自己最恐懼的是什麼，不知如何是好的心情讓我垂下了肩膀。

自從水族館那場約會之後，我和美鶴之間的關係開始改變了。

兩人之間本來應該緊緊相扣的某種東西，從事件發生的那天開始漸漸鬆開。而現在的我們就像是假裝沒有看到這點，也不讓對方察覺這點，勉強想要讓彼此聯繫在一起。我切身感受到這樣不安定的感覺。

不是只有我，相信美鶴也早就發現了。發現我們之間越來越深的鴻溝。

然而她之所以都不去觸碰這點，是因為她抱著跟我同樣的心情——我心中這樣的想法，到了最近開始讓我漸漸懷疑會不會單純只是我的一廂情願。

搞不好我和美鶴的心情根本完全相反。搞不好她是為了填補自己無法實現的戀情才選擇了我。

怎麼可能？那只是臆測而已。難道我要懷疑這三年來交往的她嗎？我越想越覺得煩躁，但事到如今這點也無從確認了。

反覆著沒有結論的自問自答之中，搖擺的心情讓我快要變得不知該如何看待美鶴才好。也因此每次見面時講的話越來越少，心情也漸漸脫節。明明她近在眼前，卻感覺越來越遙遠。

究竟該怎麼行動才對？該怎麼做才好？我能夠為她做些什麼……不管我怎麼想，都找不出讓兩人都能幸福的答案。

就在這時，兔來到了我家。

「你那是什麼臉嘛？稍微振作一點行不行？」

對剛醒來的我如此訓了一聲後，他把提在手上的沙龍工具盒放到房間角落，帶著早已一臉興奮的萊斯進入浴室，熟練地開始為萊斯刷毛。

兔從跟美鶴同一間專科學校畢業後，就職於新宿一家很時尚的狗狗咖啡廳，擔任馴犬講師兼寵物美容師。這麼說來我之前確實有跟他提過，希望他下次到我家時可以幫萊斯理個毛。

今天的他似乎是工作模式，頭上沒有戴平常那豔麗的裝飾用假髮，而是把稍長而捲的真髮微微綁在一起，身穿胸襟敞開的上衣配黑色的褲子，手腕上戴著土耳其玉製的飾品。整體的打扮簡單又略為性感。

我因為已經看慣他化妝的樣子，所以偶爾見到他這模樣還會一時之間認不出是誰。感覺好久沒見到他的素顏了。

如果說鴯原先生是所謂的醬油臉，那麼兔應該就是稱為鹽臉的類型吧。細長的眼睛配上直挺的鼻梁，給人有如歌舞伎演員般的氣質。

「喂，你到底有沒有在聽人家講話？用電剪把全身的毛都剃掉可以吧？」

明明只要不講話就很帥氣的，上帝還真是大膽地給這傑作賦予了這樣的個性啊。

兔把包著毛巾的萊斯抱到鋪有防滑墊的桌子上，用我家的吹風機和他自己帶來的吹風機很快把毛吹乾，同時一手拿起除毛梳，逆向梳起萊斯的毛。

「萊斯洗澡都好乖，洗起來真輕鬆呢。」

為了不要被吹風機的聲音蓋過去，兔大聲對我如此說道。

「是嗎？哎呀，畢竟牠也很愛玩水嘛。」

「相較起來，麵包光是碰到水就到處逃，洗起來好辛苦呀。」

「嗯，麵包超討厭水的。好懷念啊。」

兩個人繞著一隻狗一邊打轉一邊講話的奇妙情景持續了幾十分鐘後，兔用梳子細心梳理萊斯散發出洗毛精香氣的毛，而我則是倒了一杯冰紅茶給他。就此稍微休息一下。

「然後呢？你有什麼話要跟我說對吧？」

聽他這麼說，我才「哦哦……」地發出有氣無力的聲音。

「老實講，我現在很煩惱……」

「我想也是。你都寫在臉上了。」

「你有聽美鶴說了嗎？」

「昨天聽過。」

首先是找美鶴聊過，真符合兔的作風。

「我要先聽你怎麼說。」

「她怎麼說？」

兔把喝完的杯子放到流理檯後，用熟練的動作為開始打瞌睡的萊斯剪起爪子。

我在他這樣的催促之下，訴說起內心的苦惱。

「我……本來很理所當然地以為即使美鶴失去了記憶，只要我們在一起總有一天可以回到過去那樣。但我從來沒想到，現在對美鶴來說就連那樣做都是很痛苦的事情。」

啪嚓、啪嚓。萊斯的黑色爪子落到地板上。兔刻意不看向我，到我說完話之前都只是簡短應聲。

「在美鶴心中原來有那樣喜歡的對象……兔知道嗎？」

「知道。讀專科的時候她有告訴過我。那孩子在學校可是非常有異性緣的，經常會被學長們告白。但她每次都會拒絕對方，所以我很好奇問她為什麼，她就告訴了我那件事。專情固然是好事，但如果一直執著於過去也無法往前進對吧？所以我就試著把她介紹給你認識了。雖然我很驚訝你們真的會在一起啦。」

這講法真教人難以釋懷……

「美鶴為什麼會喜歡上我呢？」

「誰曉得？大概是看到你那麼拚命追求，覺得很有趣吧？」

「有那麼有趣嗎？」

「超有趣的。」

兔回答得一臉認真。

「你喜歡人的態度該怎麼說呢，就是超明顯的呀。通常男女之間總會有些算計，但你卻完全沒有。一開場就是大直球，怎麼會不有趣嘛。」

聽到他這麼說，我頓時垂下頭。

或許他說得沒錯。因為我至今從來沒有什麼談戀愛的經驗，所以當時不管做什麼都拚盡全力。講起來還真丟臉……

「可是美鶴絕對不可能是基於同情或勉強自己跟你在一起的吧。什麼代替品，簡直笑掉人家的大牙。」

兔彷彿是對告訴我這些話的人當面反駁似地笑了起來。

「你不這麼認為嗎？難道你無法相信自己愛了三年的女人？」

「也不是那樣。」

「那你就繼續相信她呀。至少美鶴只有對你是認真的。她也很清楚你究竟有多喜歡她，要不然也不可能持續三年那麼久嘛。」

兔苦笑一下後，把插頭插上，打開電剪。

有如剃羊毛般，萊斯柔軟的毛轉眼間就積在桌子與地板上。

我光是想到可能失敗就會怕得不敢握電剪，不過像這樣在一旁看剃毛的過程倒是讓人感到暢快。

「話說回來，重要的是現在的狀況呀。就像你在煩惱一樣，那孩子也同樣在煩惱。不過情況跟之前又不太一樣了。她不但失去全部的記憶，周圍的人又知道她跟你的關係，所以她無論如何都會萌生必須讓自己回到跟過去一樣的義務感，再加上其他錯綜複雜的感情與講不出口的真心話。對美鶴來說，現在想必是最難受的時期吧。」

明明自己有心上人卻必須喜歡上別的對象，並不是一件容易的事情……

「畢竟這是內心的問題，我也無從給什麼建議。只能靠你們兩人想辦法解決了。」

「我也有想過……與其這樣把問題拖下去，不如……」

這對我來說是最不願意選擇的選項之一。

但要是今後我們之間的心意一直無法相通，我也有做好覺悟必須把這樣的話提出來。

「如果美鶴是放棄自己喜歡的人而喜歡我……給了我三年的歲月……」

我第一次向美鶴告白的時候，她哭了。

現在回想起來就能明白，那是因為和自己心中的人告別而落下的眼淚。既然這樣——

「我想這次應該換成我讓她才對。」

「那種心意，美鶴不會高興喔。」

「但這也是一種解決方法。」

「是嗎……」兔說到這邊就中斷對話，專心作業起來。

接著直到萊斯的毛都剃完之後，他才又再次開口。

「根本熱情不夠。」

他態度不屑地如此說道後，彷彿是要把我剛才吐露給他的陰暗心情一掃而空似地一句接一句講了起來：

「美鶴心中有個比自己更喜歡的對象？你傻子嗎？去害怕一個根本不在場的傢伙是能怎麼樣嘛！」

這……真是刺到痛處的一句話。

「你就沒那魄力去跟她說，別一直沉浸在過去的回憶，快點成為我的女人之類的話嗎！」

「什麼我的女人……」

「你們兩個就是互相太保守了啦。有時候忍著痛踩進對方的領域也沒關係呀。有些事情就是要那樣把一切都攤開來互毆一場之後才看得到嘛。」

簡單講就是要我橫下一條心拚到底的意思吧。

鵺原先生的狀況雖然讓人難以接受，不過像兔這樣魄力十足的戀愛觀倒是教人敬佩。

講得還真狠啊……我不禁全身沉到沙發中，但仔細想想也不是不能理解他的說法。

或許我和美鶴過去一路談的戀愛確實是把重點放在互相退讓、極力避免衝突的想法上。

我以前都覺得這樣很好，而美鶴應該也沒感到不滿才對。但是像現在這樣既不靠近也無法遠離的狀況下，從來沒有激烈爭執過的和平交往方式也許反而適得其反了。

「尤其你在經驗上，最討厭跟人無謂爭執呀。」

兔說得沒錯。如果對方是我最喜歡的人，我就更會避免爭執。

「但現在不是讓你們擔心傷害對方而互相試探的時候了吧？現在必要的是互相把真心話都講出來，搞清楚兩人之間究竟需要的是什麼。而且你和美鶴其實心中都知道應該要怎麼做才對呀。」

對他這段教誨，我默默點頭。

「或許三年前她剛開始確實對你沒有那樣的感情吧。但就是因為你直率的態度，讓她也清醒過來啦。讓她明白回憶終究是回憶，抱不到也親不了，所以下定決心邁步往前走的。」

而現在讓她再次得出這個答案就是你的任務了。兔對我如此說道。

「要是這樣到最後還是不行，我的胸口就借給你盡情哭吧。」

「我會努力不要落入那種下場啦。」聽到我這麼回應，兔不知道是不是為了幫我打氣而狠狠拍了我的屁股一下。

「咦？美鶴學姊是嗎？她今天休息喔，臨時調班了。」

真糟啊……

我送兔離開之後便來到五金百貨，一如往常地坐在長椅上等待美鶴下班。

可是……

下班經過的貓村小姐跑來向我搭話，我這才知道美鶴今天休息。

「打個電話聯絡一聲不就好了，為什麼要做這種像之前一樣的事情呀？」

貓村小姐拿出從自動販賣機中掉出來的碳酸飲料，並坐到我旁邊。

我對她這句話不禁苦笑回應後，不知該不該說不愧是貓村小姐，她立刻敏感地察覺出什麼內情而把身體湊過來。

「呃、請問你那是什麼表情？發生什麼事了嗎？一定是發生了什麼吧。」

為什麼她可以知道啦？

「我當然知道呀，畢竟美鶴學姊最近感覺沒什麼精神，然後龜井戶先生又沒有聯絡就忽然跑來，再加上剛才的苦笑，絕對很奇怪嘛。請問是吵架了嗎？」

嗚、好敏銳，未免太敏銳了。

「果然～請問是發生了什麼事嗎？我可以接受商量喔。或者說我太在意了，請你告訴我吧。」

被這對貓咪般的眼睛盯上的我，只能放棄逃跑了。

「原來如此，學姊喜歡的人呀。」

「美鶴有提過什麼嗎？」

「嗯～學姊在店裡給人感覺真的就是只為工作而活的類型，我也是今天第一次知道那種事情。哎呀，畢竟學姊在好的意義或壞的意義上都很專情嘛。」

貓村小姐雙手抱胸，歪了一下小腦袋。

「然後龜井戶先生為了美鶴學姊著想，覺得自己應該退場……對不對？」

真敏銳啊……

「從我至今觀察龜井戶先生的個性分析起來，就能知道你會那樣想是理所當然的呀。」

「什麼分析……」

但畢竟真的被她說中了，我也無從反駁。

「拜託請你不要那樣喔。那樣做才真的會讓美鶴學姊傷心，而且也會讓我和兔塚學長的支援全都白費啦。」

貓村小姐說到這邊，把罐子裡的飲料一口氣喝光。

「只要仔細想想，龜井戶先生應該也能明白吧？學姊並不是覺得跟自己無法徹底喜歡的龜井戶先生在一起很痛苦，而是因為覺得自己即使不願意也一直間接傷害龜井戶先生所以很苦惱呀。」

然後在這點上我也是一樣。比起美鶴的心意不是朝著我的這件事，更讓我痛苦的是每當她對我露出笑臉時，我總會在想她心底究竟感到多麼自責。

「你們兩位意外地很像呢。」

「我也這麼覺得。」

「讓人在旁邊看得超心急的。好想要『砰！』地用力推你們一把呀。」

個性直率開朗的貓村小姐跟兔在不同的意義上分給我力量。

明明我們以前從來沒有像這樣交談過，她如今卻已經徹底是我很好的商量對象了。

「這麼說來……有件事情我一直很在意。為什麼妳會那樣關心我們的事情呢？果然是因為想要跟美鶴聊戀愛的話題嗎？」

「哦哦，這點嘛……」

貓村小姐把喝完的空罐子丟進垃圾桶，轉回頭露出笑臉。

「我只是裝成一個熱心為兩人加油的乖孩子，實際上想藉機從美鶴學姊手中搶走龜井戶先生喔？」

呃——

「開開玩笑啦。」

「嚇死我了。還以為妳忽然在講什麼啊。」

「當然是我騙你的呀。龜井戶先生又不是人家喜歡的類型。」

「嗚……」

「這也是開玩笑的啦。哎呀，當然一方面單純是因為我跟學姊感情很好的關係，不過有一部分也是因為美鶴學姊以前幫助過我，所以我想報答她。」

「報答？」

「別看我這樣，其實我剛開始的時候超討厭學姊的喔。」

「是這樣嗎！」

「是呀，我現在看起來或許很普通，但以前其實個性隨便，態度又很差。而美鶴學姊是個超級正經八百的模範生對吧，所以在專科學校的時候我們可以說是火水不容呢。哎呀，雖然錯是錯在我老是蹺掉掃除工作，然後從平常做事都沒有幹勁就是了啦。」

不過現在已經變得好多了喔。貓村小姐笑著如此說道。

「我當初會想進入動物業界也只是因為覺得好像很輕鬆，每天可以一邊工作一邊摸貓貓狗狗感覺很療癒而已。我就抱著這樣輕鬆的想法應徵了現在這間寵物店，結果被派到這間分店的時候我真的超驚訝的，因為我最討厭的美鶴學姊居然也在這裡呀。那時候我老是很明顯地露出討厭的表情，幾乎每天都跟學姊起衝突，真的給她添了好多麻煩呢。」

貓村小姐進入這間寵物店是兩年前的事情。據說當時她和美鶴之間脾氣不合，關係差到跟現在完全不能比的樣子。

「後來我忘記是什麼時候，我下班經過一個垃圾集中處時發現一隻小貓……大概是被烏鴉攻擊的關係，受了很嚴重的傷……我雖然當場有想到必須救牠才行，可是牠全身都是血，讓我僵在原地什麼也沒辦法做。結果就在那時候，美鶴學姊來了。」

美鶴代替不知所措的貓村小姐抱起小貓，聯絡附近的動物醫院並送了過去。多虧如此才趕上治療，讓小貓救回了一命。

「我在等待治療的時候看了一下旁邊的美鶴學姊，發現她的衣服整片都紅了……可是學姊那時候卻一點都沒有猶豫。相較之下我只是在一旁看著，什麼都做不到。要是換成店裡的孩子們遇上同樣的狀況，我肯定也什麼都沒辦法做吧。我以前只是覺得動物們很可愛而已，把牠們的生命看得太輕了。當時這樣回想起來，我就覺得大受打擊。而學姊很快察覺我感受到什麼，就陪我說話一直到我冷靜下來。那時候我才第一次發現原來動物的工作並不能只有喜歡而已，自己當初抱著隨便的心情投入的其實是關係到生命的沉重工作。自從那次事情之後，我就和美鶴學姊變得感情很好了。」

而當時救回一命的小貓據說最後是貓村小姐領養回家，到現在也依然被她視為愛貓飽受疼愛的樣子。

「我本來一直覺得學姊是個愛裝乖又很煩的人，不過從那之後我就真心覺得要好好效法她對動物的愛還有溫柔。可是呀，畢竟學姊個性有點老實過度，偶爾也會有點粗線條，所以我就想說要是她遇上什麼困難，這次要輪到我幫助她才行。哎呀……雖然現在的學姊已經忘記當時那件事情了啦。」

貓村小姐彷彿要把這句悲傷的呢喃聲揮散似地搖搖頭。

「不過沒關係，我還記得那件事。只要有一方還記得，回憶就不會消失的。」

對吧？被貓村小姐如此一問，我也肯定回應。

「貓村小姐，謝謝妳願意那樣說。」

「不會不會，畢竟當初要多虧美鶴學姊，才讓我多多少少變得比較有資格在這個業界工作了。但話說回來，這次的狀況我們可能沒什麼能夠直接幫上忙的事情呢。」

不過肯定沒問題的。貓村小姐帶著確信如此拍拍我的背。
「我打賭，兩位之間以後絕對可以順利發展的。」
「為什麼妳會那樣覺得？」
「因為我看過很多學姊讓人知道她很喜歡龜井戶先生的表情呀。」
像是我到店裡來玩的時候，還有她工作結束後拿起手機看的側臉，總是有點小跑步地回去員工休息室的模樣。貓村小姐告訴了我許多我所不知道的美鶴。
「我一點都不覺得學姊那些樣子是騙人的，所以也請龜井戶先生有點自信吧。學姊曾經一度喜歡過你了，第二次肯定也沒問題。現在就只缺能夠到達那個目標的契機而已呀。」
貓村小姐咧嘴露出小虎牙對我一笑，很有禮貌地對我鞠躬後才轉身回家。
不知不覺間，有如濃霧般的迷惘都全部消散。
已經足夠了。我堅定了自己的心意。想必美鶴也應該做好了面對的準備。深藍色的天空彷彿要把橘紅的晚霞包覆起來般漸漸擴展。我抬頭注視著在那中心孤零零地缺了一角的月亮。
小聲為自己打氣後，我從長椅上站起了身子。

11.

聽過兔與貓村小姐的建議後，我決定這次一定要把我和美鶴彼此心中存在的芥蒂都清算掉。於是我打算下次兩人同一天休假的時候，要找美鶴坐下來好好談一談。然而⋯⋯⋯⋯

在休假到來之前，我和她就見到了面。

原因是平常幾乎不生病的我竟然感冒了。

其實從幾天前我就覺得體溫好像有點高，偶爾也會感到頭痛。但壓根沒有想到那是感冒的我一如往常地過著生活，結果到今天早上身體狀況急遽變差，不但噁心想吐又頭暈目眩，量了一下體溫竟看到自己平常絕對不會看到的數字。

雖然自我管理沒有做好實在非常丟臉，但我也不認為自己在這種狀態下有辦法正常工作。於是我戰戰兢兢地打了一通電話到公司，而接起電話的是小組組長的鮫島先生。

我本來還以為對方會冷淡念我一句「別為了感冒那種小事就請假」之類的話，不過鮫島組長似乎有透過猿渡先生知道我最近狀況不良的原因。

「應該是疲勞累積吧，你好好休息養病。相對地，等你康復之後就給我把至今沒做好的份都補回來。」鮫島組長一如他嚴格的個性對我如此說道。

一個人獨居最難受的，或許就是生病的時候吧。

既沒有體力煮飯，也沒有食慾。身為大胃王的我竟然會完全沒食慾，讓我真心覺得這狀況應該很危險。但我還是趴在地上勉強為萊斯把狗飼料倒進飼料盆之後，全身倒進被窩中整整睡了好幾個小時。

鰹魚高湯的柔和香氣從廚房飄來，讓我再度睜開了眼睛。

「啊，你醒了。請問你還好嗎，龜仔先生？」

美鶴一臉擔心地從房門現身，萊斯也跟著探出頭來。

「美鶴，為什麼……」

「你不記得了嗎？我有打電話給你呀。」

「抱歉……我不記得。」

「我想也是。畢竟你感覺像是發燒而意識模糊的樣子。」

看來美鶴似乎在下班後有打電話來，但接起電話的我幾乎沒辦法好好講話，於是感到擔心的美鶴就用備鑰進到我家來了。
「哦哦，太好了，沒有剛才那麼燙呢。」
美鶴從被窩旁邊把手伸過來放到我額頭上。
確實，現在感覺發燒沒有早上那麼嚴重。在美鶴身旁可以看到臉盆、毛巾以及裝滿市售藥物、果凍與營養飲料的藥局袋子。再看看時鐘，現在已經是深夜了。
原來如此……看來她一直為我看護到這種時間啊。
「抱歉，讓妳為我買了那麼多東西。我的包包放在那邊，可以幫我把錢包拿出來嗎？」
美鶴見我想要起身，立刻一臉無奈地皺起眉頭。
「應該擔心的不是那種事情呀。請問你為什麼沒有跟我說？」
「呃、因為……」
「總之請你好好靜養身體。還有，我今晚會留在這邊過夜。」
「咦？不行啦……！我的感冒會傳染給妳啊，再說，這種事情不行吧。」
「為什麼不行呢？我是龜仔先生的女朋友不是嗎？」
「呃，是、是沒錯啦，可是……時間已經很晚了，妳今天搭計程車回去吧。車錢我會出。」

「我已經跟家人講了，而且也已經確認過這裡的衣櫃裡有我的衣物，必要的東西我剛才也到便利商店買齊了。」

看來她是認真的，我拗不過啊。

「真是對妳很不好意思……」

「請不用在意。之前都是我一直在給你添麻煩，這點程度的事情是理所當然的。」

對虛弱縮起身子的我如此說道後，美鶴接著從櫃子裡拿出摺疊桌，並端來用土鍋煮的雞蛋烏龍麵。

掀開蓋子後，她從冒出蒸氣的鍋子裡分出少量的麵到碗中，並「呼、呼」地為我吹涼。

「請問你吃得下嗎？」

美鶴平常做的都是用大盤子裝的豪邁料理，然而現在鍋子裡無論是看起來煮得很柔軟的烏龍麵也好，那個分量也好，細心添加的碎蔥花還有切成薄片的魚板也好，都能感受出她比平常更多的貼心。

我原本疲倦無力的身體見到美鶴的料理就很現實地湧起了食慾，於是我緩緩把烏龍麵放進嘴裡。

「啊啊……真是讓人感到安心的味道。」

美鶴對我的反應表現出安心的樣子。而萊斯今天也顯得特別安分，坐在被子旁靜靜望著我。

清爽的味道配上軟綿綿的雞蛋纏繞的烏龍麵，「咕嚕」一聲通過喉嚨。雖然沒辦法全部吃光，但光是這樣一餐彷彿就讓我的身體康復了許多。

「美鶴，謝謝妳。妳能過來真的太好了。」

「很高興能幫上你的忙。看到吃這麼少的龜仔先生總覺得讓人很不安呢。請你好好休息，快點好起來吧。」

我用完餐，吃完藥，再度躺下來後，貼心為我蓋好棉被的美鶴對我露出微笑。

「請問你身體會不會很不舒服？」

「還好。看來是妳的烏龍麵和細心看護發揮效果了。」

雖然感冒很不幸，但美鶴因此來到我家倒是很幸運的一件事。我覺得應該趁現在把話講出來。

「我說……」

結果她似乎也察覺出我想講什麼，保持著笑容對我輕輕點頭。

「如果是關於之前的事情，請你不要道歉。」

「不，我該道歉……真的很對不起。」

「請不用在意……我也是呀……」

沉默一段時間後，美鶴接著首先開口了。

「其實我、有聽到之前龜仔先生和鵺原先生交談的內容……」

「原來妳知道啊。」

「我並沒有要偷聽的意思。可是因為鵺原先生講的那些話是真的，讓我那時候感到難以現身。」

美鶴似乎是期望我把那些話都當成是騙人的。因為她不希望自己的真心被發現。

然而當我在水族館問她那件事情時，她就全都明白了。

「或許龜仔先生有想要隱瞞……但畢竟你心中想的事情都會寫在臉上。」

應該是不想把這種事情講出口的她，臉上勉強保持的笑容讓人更加心痛。

「對不起。」

「妳不要再道歉了啦。」

「可是……明明龜仔先生一直以來為我付出那麼多，我卻沒辦法回應你的心意，背叛了你。這未免也太過分了。」

她真的背負太多了。

「妳就是一直像那樣責備自己，覺得自己對我做了壞事對吧。想必心裡很難受吧……要是我再多為妳著想一些就好了。」

「比起我，龜仔先生才比較難受不是嗎？」

老實說，我真的很難受。但即便如此，我還是無法懷疑三年來陪伴我的美鶴一直在對我撒謊。

或許她起初是一點都不喜歡我，或許她以前喜歡的是別人。

然而我現在也開始認為，至今的三年間美鶴是真的喜歡我，是真的想要跟我在一起才會陪在我身邊。仔細回想她對我表現出的各種感情，就像貓村小姐和兔所說的並不是什麼偽裝，全部都是真的。

「我相信美鶴以前是真心在面對我，所以妳不用再責備自己了。現在就從那無止盡的糾葛中解放自己吧。」

我從被子裡伸出手摸摸美鶴的頭之後，她頓時哭了起來。

或許是她至今藏在內心的罪惡感與苦惱都化為淚水流出來了吧。我不斷用指尖接下那小小的淚珠。

「美鶴，妳今後想要怎麼樣？」

「我……不想要連自己喜歡上龜仔先生的理由都沒搞清楚就讓一切結束。我希望像三年前一樣，跟你一起聊許多話，一起去許多地方，一起笑，一起吃好吃的東西……再一次累積各種回憶。這是我現在真心的想法。」

我的喉嚨不禁發出沙啞的笑聲。

「我跟妳想的一樣。」

我也不想跟妳分開。

就算妳心中思念著別人也沒有關係。就算不知道妳是否會再次喜歡我，我也不想要讓一切在這裡結束。

「因為妳是我的初戀啊。」

我至今從來沒有喜歡一個人到這種程度。

今後我也希望能繼續在一起。不管發生了什麼，唯有這點不會改變。

把真正的心情老實說出來後，總覺得我們兩人之間那道看不見的高牆靜靜崩落了。

就算是同一個人，也不保證會走上同一條路。

她的記憶今後會不會恢復也無法確定。

即便如此，我們還是決定繼續走下去了。

深信從過去走來的路徑就是答案。

我們選擇一起完成這幅殘缺的拼圖。

12.

八月的最後一天。

聽說這天晚上在隔壁鎮有舉行煙火大會，結果美鶴很難得地主動約我一起去河岸邊觀賞了。

於是我們沿著一如往常的散步路徑悠悠哉哉前往河邊，打算在岸邊跟萊斯玩丟飛盤等到晚上。

然而……

我們走到半途時颳起悶熱的風，天上昏暗的烏雲漸漸飄來，讓人不禁有種不好的預感。而就在我們抵達河岸邊的時候，彷彿是算準時機般立刻下起雨來。

如果只是小雨就算了，但滴下來的卻是如彈丸般的大顆雨滴，轉眼間灑落在河岸一帶。跟我們同樣為了觀賞煙火大會而提早來占位子的人們，以及在岸邊架起帳篷或鋪塑膠墊的人們都趕緊把東西收拾起來，打道回府了。

我們如果也一樣直接掉頭回家就好了，但雨剛開始下的時候我們卻是躲到橋下，想說稍微避一下雨就好。結果雨勢卻越來越強，讓我們完全錯失了逃出去的時機。

「哇，嚇死人了。」

「嗯，真的嚇死人。」

還好今天沒有穿浴衣來呢。美鶴如此感到慶幸，我也在她旁邊仰望著烏雲密布的天空。

然而今天最讓我感到驚訝的事情，並不是這場磅礴的大雨。

美鶴拿出手帕，仔細幫即使在這種時候也依然悠哉吐著舌頭搖著尾巴的萊斯擦拭身體，而我則是不禁注視著那樣的她。

「請問怎麼了嗎？」

轉回頭如此問我的美鶴，剪成鮑伯頭的短髮隨之飄散開來。

剛才她來到集合地點的時候，我真的是嚇了一大跳。

我萬萬沒有想到原本一頭長髮超過肩胛骨的她，居然會帶著如此巨大的變化出現在我面前。

美鶴雖然經常說髮梢會分岔所以稍微剪個幾公分，但我們開始交往以來，這是我第一次看到她把頭髮剪得這麼短。

即使從剛才已經過了一段時間，我依然還是看不習慣。彷彿在我面前的不是我所認識的她，給人有點不可思議的感覺。

美鶴大概是耐不住被我盯著一直看，而摸摸因為溼氣又變得更蓬鬆的髮梢害臊問我：

「請問你果然還是覺得我留長髮比較好嗎？」

「不，短髮也很適合妳。我只是感到很震撼。」

「呵呵，我就是想看到你那樣的反應。」

美鶴就像惡作劇成功的小孩子般咧嘴一笑。

「畢竟一路來發生了很多事情不是嗎？所以我想說要轉換一下心境。」

「原來如此。那是個不錯的想法。」

「頭髮變輕了，感覺腦袋也稍微變輕了呢。」

現實狀況與欠缺的過去，不知將來會如何的不安心情，我的事情，自己的事情。至今美鶴總是被這些東西搖擺著。

「可是就算我再怎麼煩惱也解決不了什麼問題。所以我想說既然這樣，乾脆就放慢腳步，用慢到教人傻眼的腳步重新累積現在的自己好了。」

自從我們表白了自己的真心話，互道心中的苦處之後，美鶴似乎在精神上變得平靜，漸漸習慣面對現在的自己了。

剪了頭髮變得清爽當然也占很大的因素，不過她原本給人感覺在勉強自己的表情也變得比之前溫和多了。

雖然繞了一大段路，但現在變得能夠這樣想真是太好了。美鶴如此呢喃，並向我道謝。

即使只是小小的答案，對她來說也是大大的一步。

這場雨感覺暫時都不會停止，河川的水位也漸漸增高。於是我們遠離岸邊，爬上凹凹凸凸的水泥堤防，把避雨場所移到堤防上面。

堤防頂端與頭上的橋底之間的空間不大，給人感覺像是什麼祕密基地一樣。或許是住在附近的小孩或不良少年們把這裡當聚集地點的關係，在橋柱附近可以看到零嘴袋子與空罐，還有漫畫雜誌隨便丟棄在地上。

「其實我也有點不習慣呢。」

美鶴遞給我一條小毛巾，並用手指梳著自己頭髮害臊說道。

「畢竟給人的感覺整個都不一樣啊。」

以前的她看起來給人很成熟的感覺，但現在不知該怎麼說，有一種平常看不見的稚氣被突顯出來。

「對，因為我臉很圓，要是把頭髮剪太短就會被人說像小孩，所以我才一直都沒剪短過的。」

確實，現在她髮型的弧度配上臉蛋的輪廓，整體看起來比較年幼。再加上身材又嬌小，總覺得她現在給人的感覺宛如學生一樣。

「雖然我小時候的頭髮差不多就像這麼短就是了。」

「是這樣啊。如果妳不介意，下次讓我看看妳小學時代之類的照片吧。」

「咦～……我那時候還是戴眼鏡，感覺很丟臉呀。」

「為什麼啦？」

「總覺得會被說像是機器娃娃丁小雨。」

「那不是很可愛嗎？」

「那相對地，也請龜仔先生讓我看看你的照片嘛。」

我想像一下後，甩甩手聳起肩膀。

「我小時候的照片實在不是可以給人看的東西啊。」

「為什麼呢？」

「到中學左右的我個性都超陰沉的，所以照的照片也每張都板著臉。別看我這樣，其實我以前是個很冷漠的小孩子。」

上次我回老家的時候，正在整理相簿的母親看到那些照片也不禁感嘆過。

「咦咦！完全無法想像呢。明明龜仔先生這麼開朗，請問是發生過什麼事嗎？」

「嗯，確實是發生過很多事……最大的理由應該是父母離婚吧。」

「這麼說來……我有聽你講過呢。」

美鶴頓時表情變得陰暗。

「還是小孩的時候父母離婚，應該是很難受的經驗吧……我小學時也有個朋友父母離婚，看起來就非常難受。」

「畢竟那不是隨便可以找人商量的煩惱。我記得我那時候也過得很苦。」

等到長大之後再回頭想想，就會覺得那是沒辦法的事情，但小時候可就沒辦法那麼想了。

至今深信應該在一起的家人們變得各奔東西，讓人心痛難耐。不管表面上再怎麼偽裝都不可能回到過去燦爛的時候，光靠小孩子的力量根本無從解決大人們的問題。當時中學一年級，正值青春期的我看著父母日復一日永不止息的爭執，心中便明白了這點。

不論怎麼逃避都緊隨而來的悲哀現實讓我精神疲憊，不知不覺間變得對一切都看開了。對周圍事物的興趣變得稀薄，也遠離了朋友的圈子，有一段時期甚至喜歡孤獨一個人。

「發不出聲音的感情也不知道該往哪裡擺才好，腦袋裡一直在混亂中徘徊。或許就像是之前的美鶴吧。」

「幸好你努力撐過來了。」

美鶴踮起腳尖摸摸我的頭。

「當時雖然很悲傷，不過後來跟著老媽與老姊三個人搬到東京的外公家之後，我也漸漸理解了離婚的意義，心境上就變得輕鬆多了。」

難受的事情並不會永遠持續下去。

所以美鶴今後也肯定沒問題的——

就在我如此說出口的瞬間，烏雲中忽然微微發出光芒，響起震耳欲聾的雷聲。

萊斯嚇得全身跳了起來。雨勢接著又變得更強勁，濺起泥土讓空氣中參雜泥味。從大雨變成豪雨，就像之前我趕往醫院的那天一樣，視野被染成一片濃濁的白色，完全看不到幾十公尺前方的景象。

「今年下的雨真多呢。」

今天早上的新聞才提過因為日照不足的緣故，農作物的收成都相當差的樣子。今年夏季讓人感到舒服的大晴天確實並不多。

我們兩個人與一隻狗就這樣並肩抬頭仰望著天空。

原本猜想只會是一場短暫雨而在河邊搭帳篷的一群學生，也已經在剛才急急忙忙收拾道具撤退，現在似乎只剩下我們還留在河岸邊的樣子。

就在我呆呆望著天空的時候，注意到一旁的美鶴摩擦著自己的上臂。

「妳會冷嗎？」

「有一點。」

「畢竟妳有點淋溼了。我到路邊買雨傘來吧。」

「不用啦。那樣你又會感冒了。」

「別擔心，我用跑的，很快就會回來。」

「那樣更不行呀！要是跌倒受傷怎麼辦！」

我準備衝出橋下卻被美鶴抓住手臂強烈反對，只好就這樣等雨停了。

後來我們留在橋下好一段時間。

萊斯雖然一直被雷聲嚇到，但還是埋頭嗅著四周的氣味。我和美鶴則是靠在水泥柱上漫無主題地聊著天，然而就在剛才雙方都再沒話題可講，而自然變得沉默了。

厚厚的烏雲依然沒有消散，雨聲也依然強烈。要說有變化的就是雲層間的天空漸漸變得昏暗，以及河水的狀況。

原本清澈的河水在持續的豪雨中變得混濁，伴隨隆隆的巨響變得水勢洶湧。
水位增高到我們一開始在的河岸都被淹沒，如今甚至到了堤防三分之一的高度。
這條河原本並沒有進行護岸工程，據說以前下雨時河堤甚至會因為吸水變得鬆軟而坍塌。為了防範豪雨造成的河川氾濫，如今已經用水泥補強，也建了有高度的堤防，就算河川水位多少增高一些應該也不會有問題才對。然而要是淹到堤防的三分之二，我也就顧不得會不會感冒什麼的了，還是衝到路上的便利商店去買雨傘吧。
話說回來，真是傷腦筋……
河川底部淤泥造成的獨特臭味、沖打堤防的洶湧河水以及遲遲不停息的豪雨聲音。
我的視覺、聽覺與嗅覺感受著這些狀況，心中頓時湧起某種極為不舒服的感覺。
手心滲出大量的汗水，太陽穴附近感到疼痛。
怎麼也靜不下來……
不禁深深呼吸的我抬起原本看著地面的視線，結果在視野角落看到美鶴站在堤防平坦的邊緣，傾身看向下方湍急水流的背影。

這其實也沒有什麼，她應該只是感到好奇在觀察水勢而已。

美鶴不是什麼小孩子了，而且個性上也沒有粗心到會忘記要小心安全。我並沒有必要特別去注意，頂多只要提醒她一聲「小心喔」就足夠了。

然而——我卻忍受不住了。

她淺藍色配白色的連身裙裙襬如窗簾般輕輕飄起，我頓時對她的背影感受到某種誇張到正常人應該不會產生的強烈危機感，擔心她那纖細的身體會不會被風輕輕一吹就往前倒下去。緊接著，這股感受忽然爆發出來。

「美鶴——！」

我慌慌張張地衝過去，從背後用力抱住她的身體，硬是把她從堤防邊拉了回來。於是美鶴驚訝地抬頭看向我。

「請、請問你是怎麼了……？」

她困惑的聲音使我注入渾身力氣的手臂頓時放鬆，趕緊放開她的身體。

集中的血液彷彿回到各自原本的工作崗位般，我的腦袋漸漸恢復冷靜。心臟激烈跳動，應該也被在我懷中的她發現了吧。

「抱歉……我忽然這樣。」

「沒關係。」

「應該弄痛妳了吧……對不起。」

「不會不會。」
「我、那個……以為妳要摔下去了。」
聽到我這麼說，美鶴鼓起腮幫子笑了一下。
「你以為我會摔下去嗎？」
我點點頭，結果她又笑了。
「我不會那麼輕易就摔下去啦。」
「說得也是。」
我又深深嘆了一口氣，把手指放到太陽穴附近。眉間擅自皺了起來。
「你流了好多汗呢。」
「嗯……」
走回柱子邊的我不禁覺得自己剛才一時衝動的行為實在很愚蠢，並渾身無力地靠到柱子上。
「這麼說來，這件事情我還沒告訴過現在的妳啊。」
「……？」
「我以前在日丸屋有跟妳提過以前溺水的事情吧？」
「是呀。」
「就是在這條河。」

原本感到有趣的美鶴立刻收起臉上的笑容。

「我小時候搬到東京之前，就是住在這附近。在一個像今天這樣大風大雨的日子……我在這裡溺水，然後被沖走了。」

河川在我眼中看起來就像會把我吞進去殺掉的某種生物。我的大腦不斷對身體發出警告，擔心要是靠近河邊，搞不好又會再度嘗到當時那樣的痛苦與恐懼。

太陽穴感到的疼痛，或許也是為了不要讓心理創傷的瘡疤被剝開，而產生的防衛本能吧。

「原來是這樣……這裡對龜仔先生來說，是曾經有過痛苦回憶的場所呀……對不起，我不知道還那樣笑你……」

「只要不是像這種天氣我也不會發作，所以如果只是平常走在這裡是沒問題啦。」

為什麼我以前會在這種大風大雨的日子跑到河岸邊來？自從那天之後，我連這點都回想不起來，自己也搞不懂究竟是什麼理由。

不過……

「當時把我救起來的大人們說，我應該是為了救小狗吧。」

據說好幾名大人合力把我救上岸後，呼吸微弱的我手中抱著一隻小狗，就算被送上救護車也堅持不放開的樣子。

「請問那隻小狗……就是萊斯的……？」

「對，就是牠媽媽。長相跟萊斯一模一樣。」

我打開手機亮出照片後，美鶴目不轉睛地盯著畫面。

「牠原本似乎是一隻棄犬，在等待被人領養的樣子。而就在我住院的那段期間，我父母終於決定離婚，然後要搬去的外公家是獨棟的透天厝，所以就決定把那小狗一起帶過去養了。」

雖然當時那件事讓我留下了甚至不願隨便被提起的心理恐懼，不過要是沒有遇上那件事，我應該就不會變得喜歡動物，也不會遇到現在眼前的萊斯了。

「所以現在回想起來，我覺得當時溺水或許是件好事。」

這種話聽起來很奇怪吧。我笑著如此說道，但美鶴卻沒有笑著回應，而是靜靜閉上眼睛。

「……這樣呀。」

她彷彿感到安心似地呢喃。

「原來、是這樣。」

接著，她抬頭看向我。

「請問……叫麵包對吧？」

「咦？」
「麵包。萊斯的媽媽。」
「美鶴…………」
美鶴對靠到她腳邊的萊斯摸摸頭，並深深吸了一口萊斯耳朵後面的氣味後，「嗯」一聲帶著確信對我說道：
「然後龜仔先生原本的姓氏，是犬飼先生。」
「為什麼……美鶴，難道妳……」
——我的胸口頓時發熱。
「妳恢復記憶了……？」
然而——
她卻搖搖頭否定了我的詢問。
我想我現在應該露出了像是被人忽然賞了一巴掌似的奇怪表情。
萊斯的媽媽叫麵包。
然後我到中學為止的姓是犬飼。
這些都沒錯。
但是既然美鶴沒有恢復記憶，她為什麼可以說出這些事？我明明從來沒有告訴過現在的她才對。

現在的美鶴——不可能知道那些事情的。為什麼？

「龜仔先生……我接下來要講的這些話會有點奇怪……請你聽我說。」

美鶴把雙手互握放到肚子前，接著說道：

「我…………其實一直感到很奇怪。」

「奇怪……？」

「從我第一次見到你的那時候開始，我就覺得自己好像知道你這個人。但既然我們本來就在交往，會有這感覺並不是什麼奇怪的事情。」

「……嗯。」

「然而我卻怎麼也無法接受這個想法。雖然腦袋知道自己曾經喜歡上這個人是無可否認的事實，可是我心底卻有個問題一直很在意。」

我很快就察覺出那是什麼問題了。

「沒錯，龜仔先生也知道，我這個人對於自己決定的對象就會貫徹到底，而且個性頑固。雖然這樣講很失禮，但我總是很疑惑……為什麼自己會喜歡上眼前這個人？我本來以為是因為我把你跟心中那個人疊在一起了，可是你們給人的感覺根本完全不一樣。搞得我越來越不明白三年前的自己究竟在想什麼了。」

我也不太明白她現在究竟想對我表達什麼。

「然而，其實到處都可以發現答案的線索。我自己的記憶，龜仔先生的記憶，還有萊斯。」

美鶴如此說著，同時看起來就像在自己腦中整理思考著什麼事情。

這種事情，究竟該怎麼說明才好？搞不好其實只是一場誤會，但自己依然相信這就是真相──

「我們來對答案好嗎？」

她彷彿是想把完成的拼圖拿給我看似地露出柔和的微笑。

「我在小學五年級的時候，也曾經掉進這條河溺水過──在一個大風大雨的日子。」

「……………咦？」

「居然偏偏在那種風雨天跑到危險的河邊來，感覺很笨吧？但是我無論如何都必須過來才行。當時我在這座橋下偷偷照顧著一隻棄犬，所以覺得自己必須來救那孩子。那時候真的很驚險，就在那孩子差一點要被河水沖走的時候我抱起了牠，並轉身折回來時的路。可是當我爬上河堤的途中，因為豪雨和水流變得溼滑的地面忽然崩落──」

「妳就掉進河裡了。」

「是的。當時跟我在一起的那位中學生的大哥哥雖然伸手抓住我，想要把我拉回去。可是光靠兩個小孩子的力氣根本無濟於事……結果大哥哥跟著我一起掉進湍急的河流中。到現在……我依然清楚記得那時候有多可怕，自己連游泳或是伸手抓住什麼東西都辦不到，即使想大叫，也只會讓河水灌進自己嘴巴。我那時候好痛苦，覺得自己就要這樣死掉了。可是就在那時候，大哥哥用好強的力氣把我推向較淺的地方，讓我抓住了岸邊。然後大人們很快把手伸過來，將我拉上岸。但我回頭時卻已經看不到大哥哥的身影……後來我很快被送到醫院，然後我的家人和周圍的人們都慌忙了好一段時間。大家都不斷跟我說『幸好妳得救了，真是太好了』之類的話，可是卻沒有一個人向我提起大哥哥的事情……我好幾次想要開口詢問，但又覺得既然都沒有人主動跟我說，會不會其實大哥哥已經……我怕得不敢確認，怎麼也問不出口……那天以來……我一直都沒辦法忘記大哥哥。我從來都沒有遺忘過。」

說完後，美鶴調整一下呼吸，接著開口：

「龜仔先生……請問你回想起來了嗎？」

——果然沒有回想起來呢——

這句話，我以前也有被說過。

——回想起什麼？——

——沒事……請你不再在意……——

那是在我和美鶴與萊斯到河岸邊散步的時候。

她忽然停下腳步，對我說出那句話。

我當時覺得奇怪而問了她好幾次，但她都沒有回答我。

——沒關係的。只要龜仔先生還活著，還在我身邊，我就很幸福了——

至今我依然記得，當她說出這句話時望著遠方黃昏天空的側臉，莫名帶有寂寞的感覺。

我不明白。

這個未曾有過的感覺……到底是什麼？

眼前這片怎麼說也不算美麗的景象，彷彿與什麼畫面微微重疊。

既視感——或許可以這麼說吧。

我為了搞清楚這模糊的感覺而凝神注視，但怎麼也看不清楚。

心臟開始躁動，明明不覺得冷卻全身豎起雞皮疙瘩。

隱隱作痛的感覺從太陽穴延伸到後腦杓，喉嚨越來越乾渴。

相對於表情僵硬的我，美鶴卻是一臉安詳。

她朝我靠近一步，雙手伸向我的耳朵，將掛在耳朵上的眼鏡拿下來，戴到自己臉上。

全框眼鏡戴在她的小臉上，看起來更加顯眼了。

從前方吹來的強風穿過橋下。

就在這時，她剪短的頭髮飄了起來。

「——」

一直在尋找自己位置的拼圖總算鑲入了它應該在的地方。

這樣的感覺浸透我內心的同時，至今每當快要回想起來的時候，我總是選擇逃避面對的恐懼記憶有如潰堤般湧上我腦海。

在混濁的河水中，不管我怎麼拚命伸手都抓不到東西。洶湧的水流粗暴地翻弄我的視野。

我試著大叫了好幾次。

但那些叫聲全部都被吞沒，從未嘗過的腥臭濁水不斷灌進嘴巴，流入喉嚨深處。

即使忍不住咳嗽也無法緩解難受，身體不斷下沉，痛苦一分一秒地增加。

我無從抵抗，只能任憑宰割，意識漸漸變得模糊。

誰啊——誰來救救我。

我要、死了……再這樣下去就要死了……

不要，我不要。

我不想死——

冰冷而黑暗的恐懼從頭頂一路循環到全身，讓呼吸變得凌亂。

即便如此，我依然集中注意力努力尋找。

找回我至今堅持不願想起的……

沉沒在痛苦底下的記憶——

「——那是妳的狗嗎…………？」

中學一年級時的初夏。

紀錄性的豪雨連日不斷，學校甚至發通知單給學生，要大家放學後立刻回家。

家長們與學校方面都嚴格施壓，因此大部分的學生在放學後都不會逗留而直接回家，但我卻不一樣。

管它是晴是陰還是下雨的日子，都休想要我直接回家。

我不想回去。從早上到校到下午放學，我腦中總是想著這個念頭。

只要回家首先就會看到不斷嘆氣的母親。然後等父親回來之後就是地獄般的時間直到我就寢。

錢——那個女人——離婚——我受夠了——給我差不多一點——吵死了——閉嘴——

父母親每晚持續的爭執一天比一天激烈，如刀子般銳利的難聽話語一句句鑽入我的被子中。看慣父母爭吵的我，甚至已經回想不起來這個家庭原本和諧的景象。

比我大五歲的姊姊對這件事絲毫沒有插手干預的打算，早在很久之前就已經整理好自己的心情。但我當時還沒辦法那麼成熟，在背後看著那兩人互相爭執，甚至有時候夾雜暴力的模樣，腦中拚命思索著究竟該怎麼做才能回到過去那樣，該怎麼做才能阻止家庭崩壞。

點。

那是不可能的——有一次我鼓起勇氣擋在父親面前，結果終於明白了這

當時激動的父親還沒冷靜下來，情緒使然，下一拳揍在兒子的臉頰上。母親的尖叫聲迴盪屋內，我也哭了出來。因為這樣毫不講道理的理由而第一次被父親毆打的衝擊，讓過去一路來的信賴輕易出現了裂痕。

於是我總算領悟。啊啊，不管做什麼都已經無濟於事了。

原本應該是讓我回去的家，從那之後就變成了我最想避開的場所。

在鬱悶的日子中，我連雨傘都不撐，無視於學校發下來的通知單，放學後依然漫無目的地到處遊蕩。

我並不是沒有朋友，但自從那天之後，我忽然變得無法忍受他們輕鬆閒聊談笑的模樣。雖然並沒有吵架，但因為我都不講話，沉默的次數越來越多，結果大家或許覺得我是個無聊的傢伙，自然而然地變得疏遠了。

我心中的痛苦不可能對誰訴說，不可能有人明白。既然這樣乾脆一個人就好，這樣無論對方還是自己應該都會比較輕鬆吧。

我想尋找一個聽不到怒吼聲也聽不到謾罵聲的場所。一個沒有任何人、昏暗而寂靜的地方。

拖著沉重的腳步，宛如幽靈般在街上徘徊的我，最後來到的就是跟自己家位於完全相反位置的某個河岸邊潮溼的橋下。

這個像洞穴一樣陰暗的場所，正適合讓我沉浸於孤獨之中。然而……

我總算找到的休息之處，卻早已有人了。

手中抱著一隻約兩個月大的黑白雙色小狗，背上背著小學生書包的女孩子。

小臉蛋上戴著一副顯眼的全框眼鏡，態度有點懦弱。是我以前沒見過的女孩。

這也是當然的，畢竟這地方離我家有相當一段距離。

蹲在地上的小女孩見到表情像個死人的我，趕緊站起身體往後退下一步。

畢竟是個陌生的中學男生忽然跑到自己在躲雨的場所，也難怪她會被嚇到。

我決定在她哭出來之前轉身離開。

「現在……雨下得很大喔。」

然而小女孩卻用顫抖的聲音叫住了準備走出橋下的我。

「請問、你沒有傘嗎？」

她看了一下自己的天藍色雨傘，再度開口對我如此說道。

如果這時候我能露出個笑容給她看就好了，但因為我已經太長一段時間過著與笑臉無緣的生活，甚至想不起來自己最後一次笑是什麼時候了。於是我放棄笑臉，相對地盡可能用溫和的聲音回問跟她問的問題無關的內容：

「那是妳的狗嗎…………？」

小女孩立刻搖搖頭。

哦哦，我大概明白了。是那麼一回事啊。

「妳要養嗎……？」

「我家雖然是獨棟的房子……可是我爸爸對狗過敏。」

那就沒轍了。我不禁用同情的眼神望向她。

「所以我都在這裡照顧牠。」

女孩說著，從書包拿出學校營養午餐剩下的麵包，並且把小狗放到一旁的紙箱中。

小狗開心地跳來跳去，吃著女孩給牠的麵包碎塊。

拚命搖著尾巴的小狗轉眼間就把一整塊奶油麵包都吃光了。

我緩緩靠近他們，蹲下身體。

「吃得好快啊。公的嗎……？」

「牠是女孩子。」

小女孩對我露出笑容，但我依然沒有笑。
「有名字嗎？」
「麵包……牠叫麵包。」
「畢竟牠這麼愛吃麵包啊。」
「是的。」
小女孩回頭對我笑得更加燦爛。
即使在冰冷的雨天中，她的笑容依然讓我覺得美麗而溫暖。
「妳幾年級……？」
「五年級……」
「這樣啊……可以告訴我名字嗎？」
「劍……」
「……小劍？」
好奇怪的名字。
「呃、那個……我爸媽說，不可以隨便告訴別人名字，所以我只告訴你我的姓。」
小女孩有點難以啟齒地如此說道，並且把別在她衣服上的名牌趕緊收進自己口袋中。

原來如此，畢竟我是陌生人嘛。
這時候，我總算稍微找回了自己的笑容。
「大哥哥呢？」
「嗯？」
「大哥哥姓什麼？」
「哦哦，我啊……我叫……犬飼。」

回想起來的部分只有到這邊。
但已經非常足夠。
因為一切都已經串起來了。

現在眼前天真無邪的女孩，外觀跟我記憶中的少女完全一致。
不是只有她而已。
其實我也一樣。
直到此刻為止，我也一直都遺忘了她的事情。

「我其實在小時候就見過你呢。我記得很清楚。我們感情變得很要好，為了照顧麵包，在這座橋下見過好幾次面。雖然相處的時間不算久，但也互相告訴了對方自己的事情。或許你並沒有發現，不過我……那時候是第一次喜歡上一個人。喜歡上總是表情帶著悲傷，不太愛笑，可是個性很溫柔的你。」

如果能夠像這樣繼續見面下去就好了。就在美鶴心中湧起這個念頭的時候，出現了一個大型颱風直撲東京。

我和美鶴都因為擔心小狗而趕緊來到河水即將氾濫的河岸邊，救出小狗。然而緊接著，我們就掉進了洶湧的濁流之中。

「要是沒有你，我當時就一個人溺死了。我之所以能活到現在，都要多虧當時的龜仔先生。」

美鶴說著，臉上露出開心的表情。

「我獲救之後，因為害怕詢問別人，就決定自己去確認。我一直在尋找你的下落……深信你還活著，一定沒有死。但我其實根本不可能找得到你呀，因為你離開了這個地方，而且從犬飼先生變成了龜井戶先生……」

如今總算全部明白了。她如此說著，閉上眼睛。

「三年前的我肯定是發現了這件事吧。發現龜仔先生就是那時候的你……」

我如今也總算明白，為什麼美鶴總是好像有什麼話想對我說。

她其實是希望我能回想起小時候跟她之間的記憶。

要講出口應該是很簡單的一件事，但她之所以沒有那麼做，是因為……

「應該是因為當時的記憶成為你的心理創傷而被你遺忘了……我不希望強迫你回想，害你受苦，所以才一直都沒跟你說的吧……因為你對我來說是比任何人都重要的對象呀。」

然而美鶴還是抱著希望有一天我會想起來的想法，而跟我一起到河岸邊散步。

「我們互相都做了同樣的事情呢。」

她冰冷的指尖觸摸我的臉頰。

「……我總算理解了。」

其實根本沒有必要努力喜歡上對方，也沒有必要回想起自己為什麼會喜歡上對方。因為美鶴打從一開始就是選擇了自己喜歡的對象。

「……好高興。」

從美鶴的眼角溢出美麗的透明水珠，潸潸落下。

「我好高興……！……原來你還活著……我真的好高興……！」

她也不擦拭，任由淚水沾溼自己的笑臉。

「好高興能夠再見到你……好高興你能找到我……好高興……我能注意到就是你……更重要的是……能夠被我喜歡上的你喜歡……我真的好高興……」

我注視著靜靜哭泣的她，就在這時——我的臉頰上也滑落一滴水珠。
「原來是這樣……」
我失去的記憶，美鶴都幫我記得了……
然後她心中念念不忘卻無法見到面的對象其實就是——
我緊緊擁抱她變冷的身體。
「抱歉……我一直都沒注意到這件事。」
不知不覺間，溫暖的淚珠一滴接著一滴溢出眼眶。
自從美鶴失去記憶之後，我以為自己已經從她心中消失了。
即使沒有說出口，這件事還是給予了我超乎想像的痛苦。我也好幾次不斷在內心想著，要是那天的事件沒有發生就好了。
然而——事實上並不是那樣。
我並沒有從她心中消失，甚至完全相反。
我一直都存在於她的心中。
從過去到現在，甚至在我不知道的時候，她都一直想念著我。
在我喜歡上她之前，她就已經——
她專情而貫徹始終的純粹心意深深刺進我的心，傳遍我全身。
光是用「高興」這樣單純的表現，實在不足以形容我現在的心境。

「謝謝妳……謝謝妳沒有忘記我……一直記得我……！」

我流著淚笑了。總算能發自內心笑了。

「謝謝妳一直喜歡著我……謝謝妳……美鶴……」

我從來沒有想過，自己欠缺的部分最後會是她用『對答案』的方式幫我補上。她一直以來都不變的強韌心意，以及我能再度找到她的偶然奇蹟，此刻激烈震盪我的內心，化為淚珠溫熱我的眼睛。

「現在我就能毫不猶豫地告訴你了。我喜歡你……」

「嗯……」

「我最喜歡你了。謝謝你喜歡上我，謝謝你再一次找到我。」

美鶴在我的肩膀處如此呢喃，讓我又再度溼了臉頰。

無論大雨聲還是河水聲，都不再讓我感到恐怖。

接著我們視線相交，彷彿為了彌補至今兩人之間沒有相扣的時光，為了填補彼此的空白，輕輕地把溼潤的嘴唇互相交疊了。

世界末日般的大風雨最後消失得連一片烏雲都沒留下，本來擔心會因雨取消的煙火大會後來也按照預定時間舉辦了。

在觀眾們紛紛回到現場的河邊橋下，我們並肩欣賞著一朵朵夏季尾聲只在天上綻放瞬間的花朵。

在夜空中燦爛地散開、消失的各種色彩。美鶴入迷地注視著那片景象，而我則是不經意地偷看了一下她的側臉。

注意到那視線的她也把頭轉向我，在夜空灑落的色彩照耀下綻放笑容。

好美麗的煙火——

就在我反射性地如此形容的時候，忽然回想起來。

我一開始喜歡上美鶴的理由，就是因為被她如煙火般綻放的笑容吸引的。

而她的笑容與我一直以來遺忘的那張小時候的笑臉互相重疊。

在那笑臉的感染下，我的臉頰也不禁笑了起來。

13.

原本青蔥茂密的樹葉漸漸變色，在卷雲散布的天上有一群紅蜻蜓飛過。在秋天的氣息一天比一天濃郁的河岸邊，我們用明明也沒事先講好就自然形成的隊形穿過水泥步道。

美鶴握著牽繩很有精神地走著，彷彿在問她『吶、吶，今天要到哪裡去？』似地，不斷用期待的眼神看向美鶴的萊斯也在一旁快速動著四隻腳。

而我則是用自己的速度慢慢地跟在他們後面。

「最近工作如何？」

「嗯，很順利喔。也一點一點開始在做接待的工作了。」

「那就好。」

美鶴後來在職場上似乎有所進展。鵜原先生前往新店鋪就任之前向總公司進行的遊說成為契機，使總公司開始會經常巡查各分店並找員工進行個人面談。結果害怕總公司這些監視動作的店長似乎漸漸改善了原本蠻橫的態度。

鵜原先生一路來給我們搞出了不少問題，但最後的最後竟然演出了這樣一場大翻盤。雖然他之前說自己對美鶴並不是認真的，可是或許他其實也……

即使沒能當面和解，至少在這件事情上我希望稍微感謝他一下。

「那時候的約定，你確實遵守了呢。」

美鶴在途中停下腳步，任秀髮隨風飄蕩並轉回頭。

「以前你對我說過，自己家裡或許不久之後就可以養狗了，所以你會拜託看看。然後如果真的能養了，你一定會找我一起再到河邊來玩，三人一起散步。」

原來如此，那我確實是遵守了約定。雖然遲到了很長一段時間就是了。

「抱歉讓妳等了這麼久……」

「請不用在意，我真的很高興你來迎接我了。另外也要謝謝你領養了麵包。」

美鶴小時候疼愛過的麵包，在三年前的春天，我與美鶴重逢的不久之前就因衰老而與世長辭了。我想麵包直到離開之前肯定都沒忘掉美鶴吧。

「要是至少能讓你們見到最後一面就好了。」

「不過你讓我見到了萊斯。」

美鶴蹲下來抱住萊斯後，萊斯便開心地用尾巴拍打地面，『很羨慕吧？』地對我咧嘴一笑。

「麵包想必過得很幸福吧。」

「如果是那樣就好了。」

「一定是那樣的。因為萊斯也看起來這麼幸福。我也是一樣。」

聽到她那樣說，我也覺得很幸福。

「也許就是麵包湊合了我們兩人吧。」

「……或許真的是那樣呢。」

要是被兔聽到這段話，總覺得他會氣得說『實際上湊合你們的是我呀！』之類的話。我們就這樣說說笑笑，彷彿在回憶至今的一切般，把視線移向平靜的水流。

「發生過好多事呢。」

「嗯，也為彼此的事情煩惱了好多。」

自從那場風雨之夜的悲劇以來，我們不斷哀嘆失去的東西，拚命想要挽回一切，繞了好幾次遠路，最後在終點等待著我們的，卻是教人難以置信的真相。

「不論是麵包、萊斯還是我們，其實大家從一開始就串在一起了。過去嘗過的痛苦，還有自己十年來沒有放棄過你的想法，全都沒有白費。」

「能夠那樣想就沒問題了。」

「是呀。」

我們已經得到了彼此喜歡的心意，一路走來的結果。

即使欠缺記憶，今後也能一起填補。沒有必要再為了失去的東西感到哀嘆。

我接著再度面向美鶴。

「如今我想再問妳一次。」

「什麼？」

「為什麼妳會喜歡上我？」

美鶴以前之所以沒有清楚告訴我喜歡上我的理由，是出自她不想刺激我心理創傷的溫柔心意。

然而如今我已經克服了恐懼，美鶴也肯定願意告訴我吧。

而且誰也不曉得以後會不會又忽然遺忘一切。

因此為了下次不要輕易忘掉，重要的事情就要刻在心裡而不是記在腦中。

「說得也是。能說的話就要趁著能說的機會，好好告訴對方才行呢。」

美鶴如此說著，卻又聳聳肩膀。

「當中也有很深層的部分，搞不好會嚇到你喔？」

這句話我好像在哪裡聽過。

「沒關係，我什麼都會接受。」

說給我聽吧——我如此回應。

於是她說著「真教人害羞呢」並羞澀地再度踏出步伐，深深吸了一口秋天的空氣後，有如寫情書般開始描述起她對我十年份的感情。

尾聲

「你的臉頰……請問是怎麼了？」

男孩聽到女孩如此詢問，就把手放到貼在右臉頰的ＯＫ繃上，表情又變得黯淡了。

大概是不想說的關係，他緊緊閉著嘴巴。

自從女孩在河邊橋下開始照顧一隻棄犬後，遇到的這個男孩表情總是隱約帶著悲傷的感覺，不講多餘的話，臉上從來沒有露出過笑容。

然而他只是不多話而已，心地並不壞。不但會用自己的零用錢幫小狗買飼料，還會提醒女孩在天黑之前回家，並護送女孩到家附近。即使表現方式笨拙，也依然努力對年紀比自己小的女孩表示關懷。

這個人其實非常溫柔，只是現在基於某種理由怎麼也笑不出來。

他來到這橋下是為了讓自己疲憊的心獲得休息。就算互相聊得還不深，女孩看到男孩總是彷彿為了逃避什麼而來到橋下的模樣，也多多少少能感受到這點。

今天也在黃昏的綿綿細雨中，女孩抱著小狗仰望陰暗的天空，男孩則是靠在橋柱上，偶爾從書包中拿出文庫書讀著，等待時間經過。

「妳爸爸、跟媽媽。」

「嗯？」

「小劍家的爸媽……過得好嗎？會不會吵架之類的？」

「他們過得很好呀……吵架嘛，或許會吧，可是我很少看到。」

聽到女孩如此回答，不知為何，男孩的眼眸深處劇烈搖曳了一下。

「……是嗎……那真是好事。」

「大哥哥，你怎麼了？」

「沒事。爸爸跟媽媽感情融洽是很好的一件事……那是很幸福的事情，妳要好好珍惜。」

——不對。男孩立刻收回自己說的話。

「抱歉，我其實並不是想對妳說這種好像很高高在上的話……」

男孩說著，忽然瞇起眼睛，緩緩抬頭看向天花板。女孩立刻察覺，他是在忍耐淚水滑落。

他是個中學生，而女孩還是個背著小學生書包的小學生。因此他不可能允許自己當著女孩的面前哭出來。女孩即使年幼也很敏銳地明白這點，覺得如果換作是自己肯定會丟臉得做不出那種事情。於是女孩走到男孩面前，覺得對方既然沒辦法流淚，那就……

女孩踮起腳，把抱在懷中的小狗舉高，放到男孩懷中。

「呃……」

「請你抱抱看吧。」

「不……我……」

「別多說了，請試試看。」

女孩強硬地讓男孩抱起小狗後，小狗忽然在男孩懷中跳了起來，讓男孩趕緊蹲下身子。

「我沒抱過狗啊。」

正如他自己所說，他抱狗的方式很笨拙。

於是女孩伸出纖細的雙手幫忙他。

「請把手放到牠屁股下面，然後另一隻手扶著牠肚子。」

女孩握起男孩的手如此誘導後，男孩總算抱得比較像樣了。

「心臟的聲音……好快。原來小狗的體溫這麼溫暖啊……」

第一次抱動物的男孩感受到小狗的體溫，頓時睜大眼睛小聲呢喃。這時小狗輕輕舔了一下男孩的下巴。

「這傢伙的臉，比我原本想得可愛嘛……」

男孩講話的聲調稍微提高了。

「動物雖然嘴巴不會講話，可是卻擁有人類所沒有的力量。只要看著牠們，不知道為什麼就會變得有精神呢。」

「嗯……或許妳說得沒錯。」

小狗輕輕叫了一聲後，拚命舔起男孩的臉頰。大概是覺得癢吧，男孩立刻把臉別開。

就在這時，男孩「呵呵」地揚起嘴角。

「謝謝妳，小劍。」

當男孩把臉轉回來的時候——女孩不禁感到驚訝。

因為他平常總是不笑的臉，現在露出了至今從未見過的溫柔表情。

彷彿有一道光照進冰冷深海似的笑容——

原來如此。

原來這個人笑起來是這種感覺呀。

就在女孩如此想的瞬間，某種自己從來沒感受過的特別情感在她心中萌芽了。

國家圖書館出版品預行編目資料

我想告訴你十年份的『　』。/ 天野中作. -- 1版. -- [臺北市] : 尖端出版 : 家庭傳媒城邦分公司發行, 2020.05
面； 公分
譯自 : 僕は君に、10年分の『　』を伝えたい。
ISBN 978-957-10-8865-5 (平裝)

861.57　　109003092

嬉文化

我想告訴你十年份的『　』。
（原名：僕は君に、10年分の『　』を伝えたい。）

著　　者／天野中
譯　　者／陳梵帆
執 行 長／陳君平
美術編輯／陳又荻
榮譽發行人／黃鎮隆
企劃宣傳／陳品萱
協　　理／洪琇菁
國際版權／黃令歡、梁名儀
執行編輯／呂尚燁
文字校對／施亞蒨
美術監製／沙雲佩
內文排版／謝青秀

出　　版／城邦文化事業股份有限公司 尖端出版
台北市中山區民生東路二段一四一號十樓
電話：（〇二）二五〇〇—七六〇〇
傳真：（〇二）二五〇〇—二六八三
E-mail：7novels@mail2.spp.com.tw

發　　行／英屬蓋曼群島商家庭傳媒股份有限公司城邦分公司 尖端出版
台北市中山區民生東路二段一四一號十樓
電話：（〇二）二五〇〇—七六〇〇（代表號）
傳真：（〇二）二五〇〇—一九七九

中彰投以北經銷／楨彥有限公司（含宜花東）
電話：（〇二）八九一九—三三六九
傳真：（〇二）八九一四—五五二四

雲嘉經銷／威信圖書有限公司 嘉義公司
電話：（〇五）二三三—三八五二
傳真：（〇五）二三三—三八六三

南部經銷／威信圖書有限公司 高雄公司
電話：（〇七）三七三—〇〇七九
傳真：（〇七）三七三—〇〇八七

香港經銷／城邦（香港）出版集團有限公司
香港灣仔駱克道一九三號東超商業中心1樓
電話：（八五二）二五〇八—六二三一
傳真：（八五二）二五七八—九三三七
E-mail：hkcite@biznetvigator.com

新馬經銷／城邦（馬新）出版集團Cite（M）Sdn. Bhd.
E-mail：cite@cite.com.my

法律顧問／王子文律師　元禾法律事務所
台北市羅斯福路三段三十七號十五樓

二〇二〇年五月一版一刷
二〇二三年八月一版四刷

■中文版■

郵購注意事項：
1. 填妥劃撥單資料：帳號：50003021戶名：英屬蓋曼群島商家庭傳媒（股）公司城邦分公司。2. 通信欄內註明訂購書名與冊數。3. 劃撥金額低於500元，請加附掛號郵資50元。如劃撥日起 10～14日，仍未收到書時，請洽劃撥組。劃撥專線TEL：(03) 312-4212 ・ FAX：(03) 322-4621。E-mail：marketing@spp.com.tw